Eu, Filha de Sobreviventes do Holocausto

Editora
Novo Conceito

1ª impressão – julho de 2007

Título original: I Was a Child of Holocaust Survivors
Editora: Bete Abreu
Produtor Gráfico: Samuel Leal
Diagramação: Triall Composição Editorial Ltda
Capa: Ana Solt, a partir da arte original

Dados Internacionais de Catalogação na Publicação (CIP)
(Câmara Brasileira do Livro, SP, Brasil)

Eisenstein, Bernice, 1949-
Eu, filha de sobreviventes do Holocausto / Bernice Eisenstein ; tradução Alzira Allegro. -- São Paulo : Novo Conceito Editora, 2007.
Título original: I was a child of Holocaust survivors
ISBN 978-85-99560-15-0

1. Eisenstein, Bernice, 1949- 2. Filhos de sobreviventes do Holocausto - Ontário - Toronto - Biografia 3. Holocausto judeu (1939-1945) 4. Judeus - Ontário - Toronto - Biografia 5. Sobreviventes do Holocausto - Ontário - Toronto - Biografia I. Título.

07-4850 CDD-971.3541092

Índices para catálogo sistemático:

1. Filhos de sobreviventes do Holocausto : Toronto : Ontário : Canadá : Biografia 971.3541092

Editora Novo Conceito
Rua Sansão Alves dos Santos, 102 – 2º and. – Cj. 21 – Brooklin Novo
04571-090 – São Paulo – SP
www.editoranovoconceito.com.br

Para John, Anna, Ben
e para Ellen

PRIMEIRO É PRECISO ENTRAR DENTRO DE SI MESMO — VOLTAR À INFÂNCIA — PARA PODER SAIR DE SI MESMO.
CHARLOTTE SALOMON
NECESSITO DE UM AMIGO. ANSEIO POR ALGUMA COMPROVAÇÃO EXTERNA DO MUNDO INTERNO, CUJA EXISTÊNCIA DISCUTO.
BRUNO SCHULZ
O PENSAMENTO TENTA ATINGIR ALGUMA PROFUNDIDADE, CHEGAR ÀS RAÍZES E, NO MOMENTO EM QUE SE PREOCUPA COM O MAL, ELE SE FRUSTRA.
HANNAH ARENDT
O ESPAÇO ENTRE DUAS PALAVRAS QUAISQUER É MAIOR DO QUE A DISTÂNCIA ENTRE O CÉU E A TERRA. PARA CRIAR A PONTE, É PRECISO FECHAR OS OLHOS E SALTAR.
ELIE WIESEL
TEMO QUE MINHA LÍNGUA TENHA SE TORNADO INADEQUADA, QUE HOJE É PRECISO FALAR UMA LÍNGUA DIFERENTE.
PRIMO LEVI

Eu, Filha de Sobreviventes do Holocausto

ESTOU PERDIDA NA MEMÓRIA. ELA NÃO É UM LUGAR MAPEADO, COM COORDENADAS DE LONGITUDE E LATITUDE, ONDE EU POSSA REDESENHAR UM PASSO E VOLTAR AO MESMO LUGAR. CADA VEZ É DIFERENTE.
OY
shnorrer
plotz
nebech
oy vey
megillah
TSURIS
ZHLUB
fartootst
tsuriskeit—OY
KADDISH
MENSH
narriskkeit
feh, feh, FEH!
ai-ai-ay
VUS EPPES?
kvetch
shlimzl
tchotchke
GEDENK!!
chaloshes
keinem seht sech
babbe-myseh
OY GEVALT!
CHOZZERAI
CHOLERIA
Klutz
GOTTENYU
farchat
MECHAIEH—sh
CHUTZPA
klezmer
zetz

O Anel

A morte abre um fosso que se aprofunda com a saudade.

Depois do sepultamento de meu pai, guardei, dobrada, na cômoda, a combinação preta que o rabino havia cortado, símbolo da dor causada pela perda. Quando chegou o momento de cuidar das roupas de meu pai, mantidas em um armário cheio delas, resultado de anos de compras de ternos e gravatas e cintos e chapéus, havia muito o que dividir. A maior parte foi doada a instituições de caridade. Separei para mim várias gravatas de bolinha, algumas largas, outras estreitas, dependendo de sua época de origem, e gravatas-borboleta, do tipo que precisa ser amarrada ao pescoço, não aquele tipo que simplesmente se prende ao colarinho. Havia um colete de camurça que meu pai sempre usava quando dirigia seu caminhão e fazia entrega em domicílio de ovos e carne de frango para churrasco. Separei para mim o colete e, de vez em quando, eu o usava, sentada em minha escrivaninha, entregando tinta ao papel. Guardei também uma camiseta-regata, decotada na frente e nas costas, que ia até abaixo da minha cintura e que eu costumava usar para dormir nas noites quentes de verão. Nessas noites, meu sono não era perturbado por imagens sombrias e estranhas.

Os trinta dias seguintes ao sepultamento dos mortos recebem o nome de *shloshim*. É um período de transição para o enlutado, à medida que supera a dor da perda e retoma o ritmo familiar do dia-a-dia. A memória pode, então, preencher as horas da noite e do dia. No primeiro mês após a morte de meu pai, sonhei muitas vezes com ele. Ele me acompanhava em meu sono. Havia sido difícil livrar-me da imagem final de sua luta contra a morte, mas, em meus sonhos, ele era sempre jovem e gozava de boa saúde.

Na véspera do trigésimo dia, meu pai entrou em uma habitação parecida com uma caverna e fez sinal para que eu fosse até ele. Nós nos abraçamos e depois ele foi embora. Por um bom tempo ele não voltou às minhas noites. Não encontro palavras que possam descrever a aparência de meu pai naquele sonho, mas esse é o sonho que me acompanha sempre que desenho seu rosto.

Alguns anos após a morte de meu pai, minha mãe vendeu a casa e mudou-se para um condomínio. Foi uma decisão prática que mostrou uma independência espantosa da parte dela. Durante uma visita à sua nova casa, pouco depois da mudança, eu a encontrei no *closet,* examinando algumas jóias; ela me perguntou se eu gostaria de ficar com algumas. Ao contrário de minha mãe, sempre atribuo sentimento a objetos, acreditando que os pertences de uma pessoa têm o poder de captar a essência do proprietário. Talvez pelo fato de, durante a guerra, ter perdido tudo de valor que possuía, minha mãe tenha hoje total desapego às coisas materiais.

De dentro de uma pequena bolsa com fecho de barbante, ela retirou um anel que seu pai sempre usara — pequenos diamantes incrustados em ônix. Será que eu gostaria de ficar com ela? Hesitei, pois não queria ferir seus sentimentos. O anel de meu avô deveria ficar para alguém que tivesse sentimentos de muita ternura para com ele. Não, obrigada, dê para outra pessoa. Será que eu gostaria de ficar com alguma coisa de minha avó, alguma coisa que ela usava? Ela me mostrou um anel com uma pedra gigantesca, que trouxe à minha mente uma palavra: *chaloshes,* que coisa feia! Mais uma vez, porém por razões diferentes, achei que ele deveria ficar para outra pessoa, não para mim. Depois de algum vaivém entre oferta e recusa, esta última interpretada como ingratidão, ela me mostrou uma aliança — será que essa me interessaria?

É muito raro eu me surpreender com alguma atitude de minha mãe, mas dessa vez foi difícil acreditar que ela pudesse me oferecer uma aliança com um ar tão displicente. Uma singela aliança de ouro, um pouco torta, o que lhe dava uma forma ovalada. Era a aliança de casamento de meu pai.

"Vou contar a você a história desta aliança", disse ela, e então nos sentamos à mesa da cozinha — a aliança entre nós.

Minha mãe conheceu o Canadá muito antes de o país se tornar sua nova terra. Quando estava em Birkenau, ela era obrigada a caminhar diariamente com outras prisioneiras para uma parte do campo que havia recebido o nome de um país conhecido pela sua abundância. Por um curto espaço de tempo, ela trabalhou no "Canadá", em um dos muitos depósitos que lá havia. Era lá que os bens confiscados dos judeus — relógios, sapatos, roupas, livros, chaleiras, roupa de cama, óculos — eram classificados e separados em pilhas que cresciam sem parar. As prisioneiras tornaram-se arqueólogas, catalogando o que havia sobrado de uma cultura agonizante.

Um dia, minha mãe sentia tanto frio que criou coragem e perguntou ao oficial encarregado da patrulha se ela poderia pegar um casaco daquela enorme pilha e usá-lo enquanto trabalhava. O guarda fez um sinal afirmativo com a cabeça e apontou em direção à pilha de roupas.

Minha mãe vestiu o casaco e deslizou as mãos para dentro dos bolsos, dando-se ao luxo, mesmo que momentâneo, de aquecê-las. Lá dentro, sentiu alguma coisa costurada ao forro e, com muito cuidado para não chamar a atenção, retirou do esconderijo uma aliança — a aliança de ouro que agora queria me dar.

Ela, então, escondeu a aliança no sapato e conseguiu guardá-la até o final da guerra. Foi o presente que ela deu ao meu pai quando eles se casaram, pouco depois da Libertação. Era tudo o que ela tinha para lhe dar na época e ele usou essa aliança durante toda a sua vida. Essa aliança faz parte da imagem que tenho dele pouco antes de sua morte.

A aliança tem uma inscrição — L.G. 25/II 14. Um homem se casara em fevereiro de 1914 e morrera em Auschwitz.

Uma vez li em algum lugar que os chineses dão grande valor à pedra de jade porque acreditam que ela incorpora o espírito daquele que a usa e o transmite para a próxima pessoa que a usar. Assim, das mãos de um desconhecido, para minha mãe, para meu pai — como um presente dela para ele —, e depois para mim; eis a aliança que uso como uma herança, ao mesmo tempo doce e amarga.

Minha mãe sempre foi uma pessoa sensível ao tato puro e simples, tanto no dar quanto no receber, e eu a envolvo em meus braços e lhe digo obrigada. Não sei se ela compreende muito bem o que esse presente significa para mim. Por razões que não sei se eu mesma entendo muito bem, nunca consigo encontrar entre nós duas as palavras que possam explicar isso.

Meu pai voltou à minha mente e eu carrego o espírito dos mortos dentro de um círculo de ouro. A aliança contém tudo sobre minha origem.

Enquanto meu pai estava vivo, procurei seu rosto por entre as documentações fotográficas dos sobreviventes de Auschwitz — na verdade, fotos de qualquer campo serviriam. Achei que se pudesse vê-lo, olhando fixamente através da cerca de arame farpado, eu saberia como me lembrar dele; descobriria o que ele foi obrigado a se tornar, e então, provavelmente, saberia o que ele poderia ter sido. Durante toda a minha vida, venho tentando descobrir mais sobre meu pai, para preencher os espaços que ficaram faltando, e agora a aliança que uso fecha esse círculo, substituindo a ausência pela memória.

Tive que criar as sombras deles por mim mesma. As linhas sinuosas que desenharam não produziram qualquer resposta, até que tudo o que restou foi minha mãe, abandonada e sem um ponto de referência; hesitante, sem o rancor que caracterizava meu pai. Uma versão judia de Catarina e Heathcliff...

OY! SERÁ QUE NUNCA TEREMOS SOSSEGO? TRUST, SHMUST! SOMOS FANTASMAS. MORTOS, FERTIG, TOYT, ACABADOS. SABEMOS O QUE FIZERAM CONOSCO. E ESSA AGORA. NÃO TEMOS LUGAR AQUI PARA ELA. VÁ, DAHLINK, VÁ DANÇAR, VIVER. BASTA APENAS QUERER DIZER NOSSO NOME. SERÁ QUE ELA NOS OUVE? NU, O QUE FAZER? NÃO NOS FAÇAM PERGUNTAS. EINEKLE, MINHA PEQUENA, NÓS SOMOS A RESPOSTA.

De Fora do Holocausto

Estou perdida na memória. Ela não é um lugar mapeado, com coordenadas de longitude e latitude, onde eu possa redesenhar um passo e voltar ao mesmo lugar. Cada vez é diferente.

Com os sentidos agora fechados ao movimento do mundo que me impele para a frente, estou no porão de nossa casa. O ano é 1961 e tenho onze anos. Adolf Eichmann está sendo julgado em Israel e em nosso quarto de brinquedos, onde estou com meus pais e vários de seus amigos, sentados nas cadeiras. Eu sempre soube que meus pais sobreviveram ao Holocausto, mas não consigo localizar exatamente quando ou como eu soube

disso pela primeira vez. Quando criança, de alguma forma, absorvi o fato, porém até hoje a relação do Holocausto comigo havia permanecido invisível. Estou de pé no fundo do quarto e está escuro, exceto pelo brilho da televisão. Fotos de pilhas de esqueletos aparecem na tela e de repente sinto que injetam em mim a poderosa torrente de uma nova realidade.

O Holocausto é uma droga e eu entrei no covil do ópio; aqui me dão, de graça, minha primeira oportunidade de experimentá-lo em toda a minha inocência. Percebo, num relance, todo o seu poder, quando examino as marcas da agulha no braço esquerdo de cada pessoa na sala. É aqui que meu vício começa a criar raízes. Meu próprio macaco em minhas costas. Irei também perceber que sempre haverá traficantes, que posso conseguir pelo menos mais uma dose, mais uma porta aberta para um mundo alucinante de fantasmas.

Meus pais nem imaginam que são traficantes de drogas. Jamais imaginariam o tipo de "barato" que H causa. Essa droga me faz querer mergulhar mais e mais dentro dela, levando-me de casa para o cinema, para a biblioteca, onde eu posso, sozinha, ver cada filme e ler cada livro acerca do Holocausto. Rolos de filmes e páginas de livros poderiam ser picados até formarem um pó bem fino que seria depositado no chão, formando carreiras, e poderia ser inalado. Quando eu tinha cerca de vinte anos, inalei o romance de André Schwarz-Bart, *O Último dos Justos,*[1] três vezes, para sentir o mesmo "barato" várias vezes, chegando à transcendência suprema de Primo Levi, que me deixou nocauteada, debaixo de minha cama, encolhida em posição fetal, tremendo e querendo mais.

Muitas vezes, eu substituía a literatura por filmes — flutuava de um para o outro. *A Escolha de Sofia,* o romance, tornou-se *A Escolha de Sofia,*[2] o filme. Lembro-me que, após sair do cinema — ainda sob o forte impacto do filme, que afetou meu julgamento —, resolvi fazer uma visita ao meu pai. Cheguei lá com os olhos vermelhos e inchados de tanto chorar. Meu pai me deu uma boa olhada e me perguntou o que havia acontecido. Naquela época, eu havia me esquecido que sempre que meus pais resolviam ver um filme sobre o Holocausto, seu primeiro objetivo era procurar autenticidade na tela, para se certificarem de que a reconstituição dos eventos estava correta. De alguma forma, eles conseguiam sair do cinema emocionalmente intactos. Então, após descrever ao meu pai o filme que eu havia acabado de ver, ele me fez apenas uma pergunta: O que levou você a ver um filme que a deixou assim?

Porque está lá, foi tudo o que eu consegui dizer, soando como George Mallory, quando lhe perguntaram por que escalou o Monte Everest. Porque eu queria ver uma reconstituição de Auschwitz e imaginar minha mãe e meu pai, de pé, no fundo da tela entre os outros prisioneiros famintos. Achei que, assim, poderia encontrá-los. Porque sim, simplesmente porque sim — resposta de uma criança à pergunta do pai ou da mãe.

Porque sou sua filha — alguém que aprendeu que não havia limite do quanto se pode socialmente negociar com esse assunto: Ei, cara, sou diferente de você. Meus pais estiveram em Auschwitz. Dá para competir comigo? Eu sabia que poderia jogar essa isca em qualquer lugar, a qualquer momento — numa caixa de areia, por exemplo. Posso brincar com sua pá e seu balde? Não? Bem... meus pais estiveram em Auschwitz.... No intervalo: Pare de puxar meu rabo-de-cavalo, porque meus pais estiveram em Auschwitz.... Nas aulas de inglês do colegial, com *Morte dum Caixeiro Viajante*, de Arthur Miller, aprendi um grito de guerra: "É preciso prestar atenção" — não apenas a Willy Loman, mas ao Holocausto, porque meus pais.... Quando viajava como mochileira pela Europa, a parte mais pesada de minha bagagem era sempre a história de meus pais e os europeus que encontrava eram bem receptivos quando eu lhes dava a informação toda vez que abria a bagagem. Namorando: não sou como as outras garotas que você conhece, porque meus pais.... Fazendo amigos se sentirem privilegiados por me conhecerem, depois de contar a eles — nesse ponto, complete as lacunas, acrescentando a música e o coro. Entrando e saindo de um casamento, depois entrando em outro, com a tácita necessidade de ser amada ainda mais, porque meus pais foram levados para Auschwitz.

Esse era o protótipo dos *non sequiturs*, com o qual — parece-me agora — eu negociava descaradamente, com um misto de razão e emoção, para que prestassem atenção em mim. Era uma forma de reivindicar minha posição no mundo — uma perspectiva em preto e branco, quase daltônica. Não me interprete mal. Não quero com isso dizer que cada momento, cada conversa, cada

encontro, girava em torno do Holocausto. Havia minutos, dias, meses, quando o vício diminuía, encolhia-se rastejante debaixo de minha pele e eu não sentia qualquer necessidade de procurar O Homem para conseguir outra dose. Mas o desejo insaciável está sempre lá. Estou presa a ele.

Enquanto meus pais e seus amigos estavam sentados diante da televisão no Canadá e ouviam Eichmann falando com eles, suas testemunhas e jurados, senti que sussurravam em meus ouvidos: "Jamais esqueça". Essas palavras, misturadas perigosamente em um coquetel dentro de uma seringa, não apenas me surpreenderam em um quarto escuro do porão, mas foram também injetadas no mundo: é preciso prestar atenção. Assim, o grande enigma para mim é que aquelas duas palavras foram ditas por um grupo de pessoas que, para refazerem suas vidas no Novo Mundo, devem ter sentido a necessidade de esquecer. Porém, inevitavelmente, conforme suas vidas se desenrolam, em qualquer oportunidade de celebração — nascimentos, bar mitzvahs, casamentos, feriados judaicos —, a alegria sempre vem acompanhada de um velado sentimento de perda.

Enquanto eu crescia e tentava descobrir meus próprios caminhos no mundo, algumas vezes sentia que era impossível permanecer na rota, pois meu objetivo era diferente. O que eu sabia do Holocausto não era suficiente; eu precisava saber também o que ele havia feito com meus pais. Eu seguia o esboço ziguezagueante do passado deles e com freqüência acabava chegando à seção de Achados e Perdidos.

"Mais exatamente, o que é que você está procurando? Seja rápida; há muita gente na fila."

"Estou procurando o olhar de meu pai e de minha mãe através da cerca de arame farpado. Sabe, como naquela foto famosa que Margaret Bourke-White tirou, aquela que saiu na revista *Life,* com todas as vítimas do campo de concentração. Quero comparar aqueles olhos com os olhos que conheço."

"Por quê? Isso parece mais alguma coisa que *eles* perderam, não você. Por que não pede aos seus pais que venham até aqui? Então eu vejo o que posso fazer. Próximo..."

Ele não entende que é exatamente por isso que estou aqui. Perdi algo que nunca tive. Além disso, meus pais ficariam confusos se me vissem aqui de pé, como uma criança, como uma adolescente, como um adulto. Mas volto sempre com a pergunta que me persegue desde o momento em que vi o julgamento de Eichmann na televisão: Onde estão os olhos de meus pais?

Não há nenhuma Associação dos Anônimos do Holocausto onde buscar apoio, nenhuma Lista das Dez Regras Principais, nenhuma audiência disposta a ouvir: "Olá, pessoal. Sou viciada em Holocausto. Hoje é meu primeiro dia de reabilitada e não preciso mais do Holocausto para me sentir uma pessoa digna". E mesmo que houvesse tal coisa, tenho certeza de que eu seria interrompida no meio de minha confissão, com as pesadas portas do fundo da sala se abrindo e meus pais aparecendo e me perguntando a uma só voz: *O que você está fazendo aqui?* Maravilha! Agora, faltam-me palavras; não consigo continuar. O que eu poderia dizer para ajudá-los a entender algo mais do que "porque eu serei *sempre* a filha de vocês"?

Onde isso me leva agora — expulsa, pela preocupação de meus pais, de um lugar ilusório durante uma reunião imaginada de uma organização cujas iniciais formam a AAH...?

É impossível pensar aonde pode chegar uma imaginação obcecada com tudo isso. No entanto, para me livrar desse hábito, dessa intimação, eu teria que vendar os olhos, vedar os ouvidos, colar os lábios e ignorar a verdade de que sem o Holocausto eu não seria quem sou. Ele me crestou, me marcou com os pontilhados no antebraço e me puxou inexoravelmente para seu interior como parte de sua prole. A memória coletiva de uma geração fala e eu preciso ouvir, ver e sentir seus horrores e seu ultraje.

Quando o juiz que presidia o julgamento de Eichmann se dirigiu ao tribunal israelense, ele disse: "A fim de punir o acusado e desencorajar os demais, a penalidade máxima estabelecida por lei precisa ser imposta a ele". A partir daquele dia descobri que eu também havia sido condenada.

Trocando de Pele

Contemple o transcorrer de uma vida e veja o momento desnudar a pele daquele que a observa. Nesse instante, um mundo inteiro se acaba. Nada é familiar. Como recuperar a conexão, o sentimento de pertença, quando se é privado de tudo aquilo que era tão inocente e natural quanto viver?

Meus pais chegaram a um novo país, vestidos com suas perdas, e suas memórias não podiam lhes oferecer qualquer consolo. Com o tempo, a memória se aquieta, se não é completamente curada. Surge uma segunda pele e eles se familiarizam consigo mesmos novamente.

Mesmo que o passado tenha sido algo que meus pais tentaram manter a distância dos filhos para protegê-los, ele lançou inevitavelmente sua sombra sobre a paisagem em meio à qual nós crescemos.

Tenho quatorze anos; uma chamada a distância, às três horas da madrugada, desperta nossa casa adormecida. Atendo. Um homem da Austrália está procurando meu pai. "É da residência de Barek... Ben Eisenstein?" Passo o fone para meu pai, que já está ao meu lado. Eles mantêm uma conversa breve em ídiche. Alguma coisa sobre um par de botas.

Mais tarde, a história se esclarece: esse homem da Austrália estava tentando localizar meu pai já fazia quase vinte anos — desde o final da guerra — para lhe contar que, graças a meu pai, ele havia sobrevivido à marcha da morte em Auschwitz, pouco antes de o campo ser libertado em 1945. O tal homem havia sido escolhido para a marcha e era mais do que óbvio que ele não conseguiria sobreviver se não tivesse calçados apropriados. Meu pai havia furtado um par de botas e as havia dado a esse homem que, agora, estava telefonando para lhe agradecer e lhe dizer que estava vivo, que morava na Austrália e que tinha uma família. A conversa entre eles foi rápida e terminou com uma despedida em ídiche, *zei gezunt*, fique em paz, e todas aquelas palavras que a trajetória turbulenta da dívida de um homem para com outro retoma seu ponto de origem.

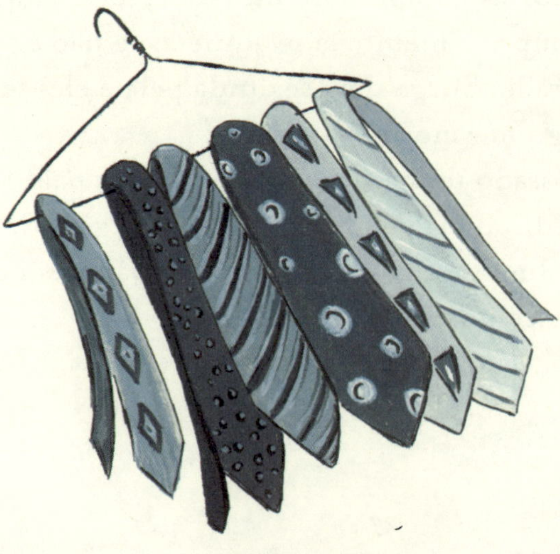

Naquela noite, pela primeira vez, senti meu pai mergulhado em seu próprio passado. Mas eu não tinha cronologia alguma, nenhuma seqüência estabelecida de eventos para apreender um fragmento recém-descoberto e colocá-lo onde era seu lugar.

Depois que meu pai morreu, usei suas gravatas de bolinha, seu colete de camurça e preguei botões no cós de minhas calças para usar os suspensórios dele. Evocar sua presença não foi difícil para mim.

De tanto olhar as grades seu olhar
esmoreceu e nada mais aferra.
Como se houvesse só grades na terra:
Grades, apenas grades para olhar.

A onda andante e flexível de seu vulto
em círculos concêntricos decresce,
dança de força em torno a ponto oculto
no qual um grande impulso se arrefece.

Parece até que Rilke conheceu meu pai muito antes de mim, vestindo sua essência em palavras. Meu pai sempre me fez lembrar um animal enjaulado: uma pantera, elegante, misteriosa, de pêlo reluzente. Andando sem parar de um lado para outro na jaula. Calado, mas em movimento contínuo. Quando ele se irritava, o que parecia acontecer com freqüência, as veias do seu pescoço se abaulavam, prometendo explodir a qualquer momento. Pelos padrões de hoje, ele não seria considerado um homem alto, mas era alto para a sua geração — aproximadamente um metro e setenta. Era ágil e tinha um porte atlético. O som de seus passos não deixava eco. O passar dos anos em nada alterou a linha da fronte, onde nasciam seus cabelos negros e espessos, sempre dramaticamente penteados para trás. Somente as costeletas, longas ou curtas, cinzentas na extremidade é que marcavam a passagem do tempo. E suas roupas — se construíssem armários para conter tudo o que uma pessoa usou durante toda a vida, o de meu pai teria sido mastodôntico, e ainda por cima teria uma prateleira giratória, cheia de gravatas. Gravatas gordas, magérrimas, com bolinha, bolas brancas grandes em fundo preto, bolas vermelhas grandes em fundo preto, seda, seda, seda, gravatas-borboleta — para as ocasiões formais — gravatas-borboleta largas, gravatas-borboleta estreitas, suspensórios, suspensórios com botões, suspensórios com presilhas, suspensórios pretos, marrons, vermelhos. Posso até vê-lo agora, descendo as escadas, vestido, com a mão no pescoço, fazendo o ajuste final na gravata. "Que tal? Estou bem?"

Você está ótimo, papai! Sempre esteve.

Mas bem vestido como um gângster. Lembro-me de ter visto *Cassino*, de Martin Scorsese. No momento em que Robert De Niro entrou em cena usando um terno azul-claro, bem informal, destoando de uma camisa xadrez, coroada com uma gravata de cores espalhafatosas, cheguei a pensar que o figurinista do filme tivesse entrado em contato com o espírito de meu pai e o tivesse contratado como consultor de moda. E depois me peguei falando comigo mesma: Puxa! De Niro está ótimo!

Meu pai atribuía muita importância às roupas que usava. Não consigo me lembrar de ter visto uma única ruga, um único amassado, em suas roupas. Vamos parar de conversa fiada e chegar ao assunto que realmente interessa: ele era um homem garboso e devia sentir muito orgulho de si, quando se via refletido no espelho.

Porque ele era um homem bonito. Seus olhos eram claros, de um azul-acinzentado. Como eu gostaria de ter herdado aquela cor! Sobrancelhas vastas, uma discreta fenda no queixo, lábios generosos. Seu olhar, luminoso, brilhava por entre uma escuridão invisível, deixando entrever sempre certa ferocidade. "*Keinem seht sech.*" Ninguém se vê a si mesmo. Esse era seu mantra, que ressoou durante todo o tempo em que vivi na casa dele. Era a marca registrada de seu lado ídiche e pontilhava cada desentendimento que tínhamos, substituindo sua incapacidade de dizer mais. E tudo era motivo para um bate-boca: os meus amigos, o comprimento do vestido, o tipo de roupa que eu usava, o uso do carro, o estado do mundo,

as drogas, as risadas à mesa de jantar (vá entender isso!), o fato de que eu preferia ler em meu quarto durante todo o verão, em vez de sair para tomar sol — nada e tudo. Conforme ele caminhava para lá e para cá em sua jaula dentro de sua casa, o movimento de qualquer outro à sua volta parecia produzir ondas de tensão que o faziam estalar, rachar e estourar.

Quando meu pai se sentava à mesa para o jantar, não importava que prato minha mãe colocasse diante dele — costeleta de carneiro, frango grelhado, vitela à milanesa, batatas e vegetais cozidos — ele se inclinava, aproximando-se do prato para sentir seu aroma. O prato era, então, empurrado para longe, com um olhar de desaprovação estampado no rosto e ele dizia: "*Shmeckt avek*" — literalmente, cheiro ruim — indicando que a comida não parecia apetitosa. Era o mesmo ritual sempre que chegava a hora do jantar, mas, no final, ele acabava submetendo-se à refeição oferecida. As artimanhas e espertezas da língua ídiche são tantas que exatamente a mesma expressão, dita em tons mais suaves, é usada para se fazer um elogio. Pode bem ter acontecido que em nossa casa um convidado, sentindo o aroma do prato que minha mãe havia acabado de colocar diante dele, tivesse levantado os olhos com satisfação e declarado: "*Shmeckt avek*".

Acostumada ao constante mau humor de meu pai durante as refeições, minha mãe poderia defender suas habilidades culinárias ou apenas acatar a crítica, reconhecendo seu próprio cansaço depois de ter trabalhado durante todo o dia. Muitas vezes, ela simplesmente ignorava tudo com um encolher de ombros. Qualquer que fosse sua reação, todos nós apenas rolávamos os olhos e continuávamos a comer. Vejo-me agora me perguntando se a atitude de meu pai era uma preparação para a indigestão que ele esperava como resultado de sua úlcera ou se era um lembrete diário para nós — e talvez para ele próprio — de que ele não tinha apetite por causa daquilo que a vida havia colocado diante dele.

Depois do jantar, ele se levantava e ia para o quarto assistir a eventos esportivos ou filmes

do Velho Oeste na televisão — como ele gostava desses filmes! — ou então saía para uma de suas muitas noitadas de pôquer.

"Eu me deitaria na frente de um caminhão por vocês" era uma das frases recorrentes de meu pai, uma declaração de seu desejo de se sacrificar por nós, se necessário, e se tornar um escudo para proteger aqueles a quem amava. Eu a ouvia tantas vezes que chegava a pensar na situação realmente acontecendo, e olhava por sobre o ombro para ver o caminhão vindo em alta velocidade e perdendo o controle. Nunca duvidei do amor feroz de meu pai por mim, mas algumas vezes eu desejava vê-lo demonstrando um amor mais simples, menos heróico; uma abertura maior ou um pouco mais de interesse e curiosidade pelas minhas idéias e pelas coisas de que eu gostava. Uma conversa com ele que fosse além de manifestações mais contidas. Talvez, então, ele pudesse ter acreditado que eu poderia encontrar meu próprio caminho naquele que ele sabia ser um mundo difícil.

Quando expressava seus pensamentos, cujo impacto

permanece em mim, meu pai o fazia com poucas palavras e gestos rápidos. Lembro-me de quando voltei da Inglaterra Londres para Toronto, depois de ter vivido no exterior por três anos; fiquei algum tempo na casa de meus pais até encontrar um apartamento. Voltei com alguns objetos novos – pequenas rochas com fósseis, flores desidratadas, ágatas polidas, espirais enferrujados e algumas conchas. Eram objetos pequenos, sem valor para os outros, mas de grande valor para mim, coisas pelas quais eu havia me interessado e colocado no bolso. Se é impossível a verdade caber no bolso de alguém, sempre enchi o meu com coisas que poderiam facilitar a passagem para um lugar e para um tempo. Uma noite, mostrei ao meu pai uma caixa contendo conchas de caranguejo finas como porcelana, embrulhadas em lenço de papel. Achei que elas poderiam me ajudar a descrever para ele uma praia que havia visitado na Escócia. Mostrei-as a ele; sem dizer uma única palavra, enfurecido, ele as esmagou. Foi um momento nada bonito e eu, também reduzida a fragmentos, fui embora. Depois de alguns dias encontrei um apartamento e me mudei.

Uma vez instalada, recebi a visita dele, de minha mãe e meu irmão, Michael. Esse foi um período difícil em minha vida — eu tinha vinte e sete anos e acabara de terminar um casamento. Estávamos, os quatro, tomando chá, sentados à mesa da cozinha. Meu pai ficou calado por um bom tempo e, então, disse-me que algumas vezes um pai ou uma mãe tem um sentimento especial por um filho e que era isso o que ele sentia por mim. Michael ouviu, mas nós dois sabíamos que o significado daquilo em nada afetava o sentimento que existia entre os dois.

Furore brevis e depois uma atitude desse tipo — emoções contrastantes constituíam meu pai e serviam-me como um caminho para que eu o compreendesse como pai. Eu me sentia irritada com a minha fragilidade, com a possibilidade de me afeiçoar a coisas de importância menor, quando as próprias afeições de meu pai haviam desaparecido. Foi esse o pai que ele se tornou porque não pôde salvar o seu próprio pai.

Meu pai morreu já faz quase uma década. Não posso mais olhar para ele e lhe dizer que aprendi a discernir sua fúria passageira e suas demonstrações de afeto como uma só e a mesma coisa. Ele não está mais aqui para que eu descubra seu passado, para perguntar-lhe a respeito da guerra, a respeito de Auschwitz, ou como foi a sua infância na Polônia; a respeito de sua família, seus pais - meus avós. Entretanto, desde o início, eu sabia que o passado era território que não devia ser explorado. Aprendi isso nas muitas vezes que lhe perguntava a respeito. Meu pai começava a responder com alguma dose de boa vontade e logo parava. E chorava. Calada, sentada ao lado dele, eu não queria forçá-lo a ir adiante. Movida pelo desejo de saber mais, sobrou para mim encontrar, sozinha, as peças do quebra-cabeça de seu passado.

Ainda ouço seus rompantes em inglês misturado com ídiche, mas não posso mais perguntar a ele: quem vai agora prometer deitar-se diante de um caminhão para me salvar? Sobram para mim apenas as palavras e a tinta no papel para recuperar seus movimentos, sua cólera, seu amor.

Barek (Beryl) Eisenstein nasceu em Miechow, Polônia, em 1917. Seu pai chamava-se Mordechai (Motel) e sua mãe, Sarah (Surela). Teve duas irmãs, Bina (Binche) e Hannah (Chana) e um irmão, Jacob (Yakov).

Ele foi recrutado pela cavalaria polonesa e, quando a guerra começou em 1939, Ben combateu no lado oeste do país, não muito distante de Varsóvia. Quando seu cavalo foi ferido, ele se separou do regimento e foi a pé até Varsóvia e de lá seguiu para casa, em Miechow. Pouco depois de a Polônia ser invadida, o exército alemão entrou em Miechow. Em novembro de 1940, dois mil e quinhentos judeus foram rendidos e levados para um gueto. Logo em seguida, Ben e Jacob se viram no meio de um grupo de homens selecionados pelos alemães e levados de Miechow para uma base militar fora da Cracóvia, onde foram submetidos a trabalho forçado até a base ser desmontada, cerca de dois anos mais tarde. Durante esse tempo, mesmo com as coisas piorando no gueto, algumas vezes Ben conseguia entrar em contato com a família. Quando soube que sua irmã Binche havia se casado e estava grávida, ele procurou o oficial alemão responsável e perguntou-lhe se haveria possibilidade de trazer sua família para a base. Disseram-lhe que lá não era lugar para mulher grávida; o pai de Ben recusou-se a partir com sua esposa e Chana e abandonar Binche e o marido. Pouco tempo depois, Ben e Jacob souberam que o gueto de Miechow havia sido dizimado e que sua família estava morta. Ele e Jacob foram então enviados a Plaszow, um campo de concentração que se tornou conhecido em conseqüência do filme baseado no livro de Thomas Keneally, *A Lista de Schindler*. As condições de vida no campo eram insuportáveis; era impossível escapar dos piolhos. Nos dois sofridos anos que meu pai permaneceu lá, era rotina haver seleção; os judeus eram transferidos de campo e nunca sabiam para onde estavam sendo levados. Em 1944, meu pai foi selecionado e seu único consolo era pensar que o próximo lugar poderia ser diferente, embora tivesse que se separar de Jacob. Um trem o levou para Auschwitz.

Na chegada, ele rapidamente fez amizade com um grupo de oito homens, um octeto de sobreviventes, que juraram solenemente ajudar um ao outro, caso algum deles ficasse doente ou fraquejasse. Meu pai ficou em Auschwitz por onze meses, até a Libertação. Foi antes dela, nos últimos dias de caos no campo, que ele conheceu minha mãe. Ela havia escapado da marcha da morte, à qual muitos foram obrigados, e havia se escondido com algumas amigas, até que, descobertas pelos guardas alemães, foram conduzidas para outra área do campo, perto do portão de entrada. As mulheres do pequeno grupo foram então levadas para o prostíbulo do campo. O que antes havia sido o local onde os soldados buscavam prazer tornou-se o último lugar de confinamento de minha mãe. Foi lá que meus pais se viram pela primeira vez. Meu pai e seus amigos foram encarregados de proteger as mulheres, pois o Exército Vermelho Russo se aproximava e muitos soldados alemães, desesperados com a derrota, estavam em fuga. Foi assim que meus pais começaram sua vida em comum.

Como Adão e Eva expulsos de um Éden degenerado, eles foram obrigados a procurar uma nova terra. Quem iria, mais tarde, abençoar e testemunhar a união deles? Nos ouvidos de quem iriam cair essas palavras: *sou do meu amado e meu amado é meu.* Eu serei a abóbada sobre suas cabeças descobertas. Serei testemunha de sua união na dor e na perda, no carinho e no afeto, protegidos e ancorados pelo amor, até que a morte os separou quarenta e seis anos mais tarde.

E o que resta, então, para os desabrigados, os desalojados? Imagine um campo de concentração, por exemplo, Bergen-Belsen, na Alemanha, e transforme-o em um grande campo de sobreviventes. Milhares deles acabarão indo para

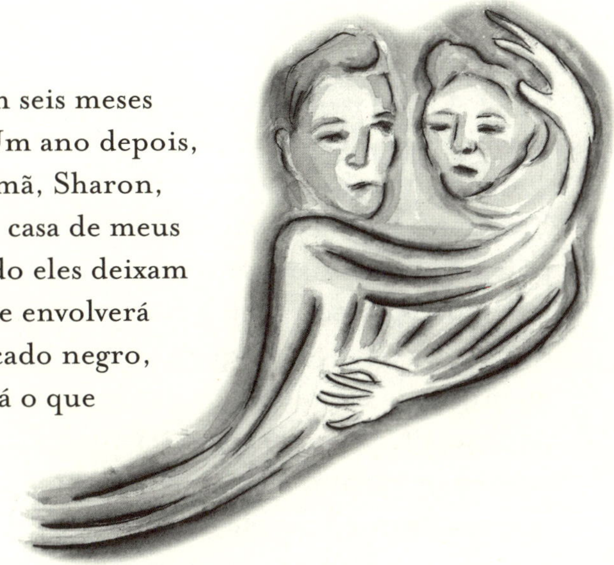

lá. Meus pais chegam seis meses após a Libertação. Um ano depois, é aqui que minha irmã, Sharon, nascerá e aqui será a casa de meus pais até 1948, quando eles deixam a Europa. Meu pai se envolverá vorazmente no mercado negro, comercializará seja lá o que for e transformará mercadorias em jóias, tentando acumular o que julgava suficiente para viver no Novo Mundo. Mas nada é suficiente. Nada é o que eles têm. Suas pedras serão roubadas.

Apenas algumas semanas após a Libertação, meu pai já estava em Katowice, uma cidade industrial ao norte da Silésia, onde, com outros judeus que haviam saído dos campos, se juntou à força paramilitar polonesa. Adotou um novo nome, Bolek Jurkowski, passou a usar uniforme, a portar uma Luger e a procurar colaboradores e nazistas, como se a vingança pudesse se tornar uma mortalha para cobrir os corpos de seu pai, sua mãe, suas duas irmãs. Com os punhos cerrados, ele represava dentro do peito um gemido melancólico, silencioso, que ficaria com ele para o resto da vida, até que, muito tempo depois e em um mundo diferente, no dia anterior à sua morte, o lamento se extingue, quando chego bem perto dele e ele põe a mão aberta em minha barriga de grávida e diz que meu filho terá seu nome.

Eles foram chamados "esverdeados", ingênuos, quando chegaram ao Novo Mundo. De que cor eram eles antes de pisarem em terra estranha? Era a terra tão verde que sua clorofila potente penetrou em seus poros, fazendo-os parecer mais estrangeiros do que os estrangeiros que eles já eram? Pense em tudo o que a cor verde pode suscitar: frescor, crescimento, rejuvenescimento, náusea, enjôo, bílis — verde de inveja, verde de ciúmes, Esverdeados no Novo Mundo.

Foi assim que meus pais, Ben e Regina, chegaram a Toronto, no Canadá, em 1948: borrifados de verde por ordem do governo. Assim, eles poderiam, mais uma vez, ser identificados. Foram expedidos como A Coisa do lamaçal da Europa, e esperaram para ver o que brotaria de seu casaco de uma só cor.

De meu pai brotaram penas, penas de galinha, macias e fofas. Ele abriu uma casa de carnes kosher em Kensington Market, em Toronto.

A loja era pequena e mal iluminada, com uma velha bancada, onde ele trinchava, cortava e embrulhava os pedaços de frango.

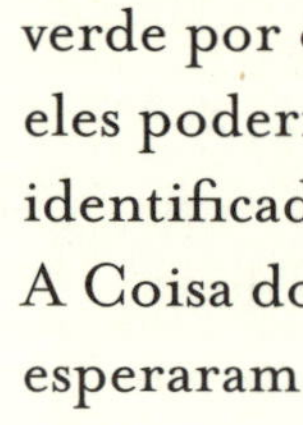

Nos fundos havia uma sala de refrigeração. Ele também vendia

peixe, peixe de água doce, inclusive carpa, certificando-se de que seus fregueses sempre recebessem quantidades generosas de gefilte. Era um verdadeiro espetáculo vê-lo escamar uma carpa. Elas eram mantidas vivas dentro de um grande tanque no subterrâneo úmido do porão. Meu pai trazia o peixe para a loja, colocava-o no balcão de mármore branco, e então começava rapidamente a escamá-lo e estripá-lo, as escamas grandes e iridescentes voando como estrelas cadentes ao redor de sua cabeça.

Quantos pensamentos não devem ter ocupado sua mente durante todos esses anos como comerciante kosher, em sua loja ou quando ele dirigia seu caminhão, fazendo entrega nas residências vizinhas. Será que ele também sonhava acordado, voltando à sua juventude, quando vivia com seus pais e irmãos, em Miechow, antes da guerra? Será que ele deixava o silêncio da lembrança, daquilo que ele não conseguia expressar em palavras, tirá-lo de sua rotina, entregando frango, frango, frango e voltando à loja para depenar mais frango recém-abatido? Frango que ele cortava em porções, embalava em papel-manteiga marrom, pronto para outra entrega, pronto para ser trazido para nossa mesa.

Se meu pai nunca conseguiu ficar rico, pelo menos sua família nunca deixou de comer frango. Como comíamos daquele frango! Na sopa, como churrasco, cozido, grelhado, sem pele e crocante, doce e suculento. E etiquetado. O frango kosher tem um grampo de metal preso à pele para indicar que foi abatido de acordo com as regras do rabinato. A cada refeição, aquele que ficasse com a parte que continha a etiqueta era considerado favorecido pela sorte, como se tivesse acabado de ganhar um brinde em um saco de pipoca.

No entanto, mesmo que tivesse trabalhado muito na loja, junto à minha mãe, durante todo o dia, ele ainda conseguia arranjar um tempo para jogar pôquer. Ele era um *korten shpiler,* um aficionado dos jogos de cartas; havia também se afeiçoado à bebida. Adorava segurar cinco cartas na mão, lançá-las na mesa para tirar a sorte, colocar dinheiro no pote, ganhar e perder. Não terminou o colegial mas sabia fazer contas, brincava com a sorte. Depois que uma carta era colocada na mesa com a figura para cima, ele sabia exatamente o que cada um dos outros jogadores tinha na mão. Contava colunas de números mais rapidamente do que qualquer outra pessoa e jogava em qualquer lugar. Nos dias em que minha mãe não ia para a loja, ele jogava com três outros homens em uma saleta dos fundos. Shhh — bico calado! Não digam nada à mamãe!

Foi a paixão pelo jogo que, num dia de verão, quando eu tinha sete anos, fez meu pai me levar juntamente com

Posso falar com seu pai?

Oy! Meu Deus!

um grupo de amigos vizinhos para visitar a Feira Nacional do Canadá. Não brincamos em nenhum carrossel ou coisa parecida — tudo bem, eu detestava mesmo essas coisas; sentia náusea com muita facilidade —, mas chegamos todos em casa bem depois do pôr-do-sol, carregando todos os prêmios que tínhamos ganhado: animais empalhados, pequenos, peludos, fofinhos, e outros, tão grandes e dominadores que não conseguíamos segurar, além de periquitos para todos, incluindo as gaiolas, é claro. Meu pai havia encontrado seu brinquedinho: jogar moedas em um prato; e não pense que era fácil. Os pratos estavam engraxados, aparentemente, com *shmaltz*, gordura de galinha; assim, as moedas batiam na superfície e escorregavam para fora, obrigando a maioria dos jogadores a procurar mais moedas em seus bolsos para outra tentativa e mais outra.... Lembro-me que um garoto se aproximou dele e lhe ofereceu sua própria moedinha na esperança de que ele também ganhasse um prêmio. E ganhou. Outro periquito consegue um novo lar. Dessa

vez ele me permitiu contar à minha mãe — o resultado da "pilhagem" era visível demais para esconder. Naquele dia, meu pai também cresceu um pouco mais, plantando sementes que fariam dele uma figura lendária.

Quando eu tinha dez anos, mudamos para o subúrbio na parte norte da cidade e não demorou muito até que estranhos começassem a telefonar. Sem jamais conhecer pessoalmente o dono daquela voz gutural, eu imaginava o nariz achatado e o gordo charuto pendendo sempre de um lado da boca.

Nas noites de sábado, havia jogos de cartas com os amigos de meus pais, o Grupo. Jogo social. Apostas baixas, colesterol alto. Pôquer nas noites de terça — e quinta — com as Vozes. Apostas altas, potência máxima. E quando eu tinha dezesseis anos, durante um ano inteiro, depois de ter se cansado de depenar frango e de ter vendido a loja para procurar outro ramo de negócio, meu pai jogava todos os dias da semana em uma saleta do Hotel Westbury. Naquele ano, houve muitas chamadas telefônicas; eram vozes que pareciam conservadas em salmoura, informando a meu pai sobre a hora de vir para o hotel. Se acontecesse de eu atender a ligação, minha mãe havia me orientado para não passar a mensagem adiante. Shhh — bico calado! Não diga nada ao papai! Eles brigavam com freqüência, mas naquele ano as brigas chegaram a bater o recorde. Lembro-me de uma noite em que minha mãe trancou a porta de tela da frente antes de ir para a cama e eu acordei com meu pai batendo de leve na janela de meu quarto, pedindo-me para abrir-lhe a porta. Era comum ele voltar de suas jogatinas e encontrar a família tomando o café da manhã.

Certa vez perguntei-lhe se era um bom jogador. De maneira geral, respondeu ele, até o momento, havia se saído bem. Eu nunca soube dos detalhes das vitórias ou derrotas;

somente presenciei as desavenças entre ele e minha mãe por causa das infindáveis jogatinas. Elas causavam discussões sem fim. Porém, em minhas lembranças, ele é cultuado em um Hall da Fama que posso visitar a qualquer instante.

Meu pai teve um ataque cardíaco aos cinqüenta e quatro anos. Nós dois estávamos envolvidos em nosso tango rotineiro — estávamos brigando. Com o passar dos anos, seja rindo quando ele preferia silêncio, seja silenciando quando ele queria uma resposta, ou discordando quando ele esperava concordância — fosse lá o que fosse —, nunca consegui entender exatamente que faísca eu fornecia para ativar seu motor de ignição. Porém, dessa vez ele levou as mãos ao peito e o apertou. Como ele havia sido sempre uma pessoa dramática, que vivia pontilhando o ar com seus ais!, não foi fácil para mim perceber que essa noite era diferente de todas as outras. Pare com isso! Vamos brigar de maneira limpa! Não me traga para o ringue suas úlceras ou hemorróidas e nem me venha com "*Oy! Você está me matando!*" Esse ataque teve potencial para produzir meses de culpa pesada, com um psiquiatra ao meu lado,

mas — pode chamar isso de instinto de autopreservação ou momento epifânico — o fato é que, de uma forma ou de outra, consegui não me sentir Causadora do Primeiro Ataque Cardíaco. Na verdade, escapei por um triz. Felizmente, foi apenas um ataque leve, mas que o obrigou a um período de repouso sob o regime de prisão domiciliar. Com isso, minha mãe tinha que ir sozinha para a loja de roupas que eles haviam aberto alguns anos antes; ela voltava para casa exausta.

No fim das contas, durante um mês inteiro, lá estava meu pai, sentado, muito concentrado, sem nenhum estresse, jogando pôquer em seu cassino doméstico. Shhh — bico calado! Não digam nada à mamãe!

Todos os dias, durante o período de convalescença, aparecia em casa um homem baixinho, de aparência suspeita. Sua limusine ficava parada à porta e o guarda-costas corpulento, do tipo que se vê nos gibis, apoiando-se no carro, esperava pacientemente — horas e horas — até que o jogo terminasse.

Meu pai e esse estranho sentavam-se frente a frente à mesa da cozinha e raramente falavam um com o outro. Meu irmão e eu — minha irmã já estava casada e não vivia mais em nossa casa — éramos os membros oficiais do Clube Não Diga Nada à Mamãe, com privilégios especiais: podíamos assistir à "operação", desde que ficássemos em silêncio. Meu pai parecia muito saudável, mas usava sempre um roupão de seda sobre o pijama; assim, ele bancava o paciente em período de convalescença, proibido por ordens médicas de sair de casa. Entre o tempo que se passava depois que chegávamos da escola e o retorno de minha mãe, meu pai e esse homem jogavam pôquer, duzentos dólares por rodada e, a partir daí, o céu era o limite. Eu apenas observava, fascinada. Pois bem, esse era meu pai na sua melhor forma, mergulhado numa atividade que ele adorava, completamente à vontade, concentrado, quieto, imóvel. Lá estava ele, parecendo um bem-sucedido gângster de segunda categoria, recém-saído de um romance sensacionalista do escritor judeu Damon Runyon, silenciosamente instigado pela prole a continuar jogando. Meu pai se entregava totalmente ao presente; nada de pensar em vingança, em depenar frango ou em vender roupas para senhoras. Estava em paz consigo mesmo, dentro de seu *shtetl* suburbano modernizado.

E ele ganhava e continuava ganhando — ataques cardíacos devem ser sinal de boa sorte para viciados em jogo.

Anos mais tarde e algum tempo após a morte de meu pai, andando pela vizinhança, encontrei-me diante de uma padaria. Há um bom tempo, a região vinha sendo ocupada principalmente por imigrantes judeus, mas essa padaria parecia um negócio em decadência que insistia em continuar lá. Fui conversar com o proprietário que, talvez reconhecendo alguma coisa familiar em minhas feições, me perguntou quem era meu pai. Quando eu lhe disse, ele respondeu sem hesitar: "Pena que ele gostava tanto de jogar; vocês poderiam ter um bom dinheiro hoje". A franqueza rude dele me pegou de surpresa e eu perdi a oportunidade de defender meu pai: ele me deixou muito rica com sua paixão.

Como um livro empoeirado em uma biblioteca, a memória é puxada da prateleira e suas páginas são viradas rapidamente à procura de uma passagem familiar que possa ser revisitada. Muitas vezes, quando penso em meu pai, vejo-o estirado na cama, a cabeça apoiada em um braço, uma mão no bolso, assistindo a filmes do Velho Oeste na televisão. Acho que ele não tinha favoritos — gostava de todos.

"Por quê?", eu costumava me perguntar. Que consolo lhe davam esses filmes? Aonde eles o levavam após um longo dia de trabalho, preparando, ao lado da mulher, pedidos de frangos, ovos, peixe e, tempos depois, na loja de roupas, dessa vez acrescentando as plumas para satisfazer a clientela feminina interessada nos vestidos? O que esse homem, esse ingênuo transplantado da Polônia, entendia quando via John Wayne e Montgomery Clift juntando a boiada e tocando-a através daquelas planícies cinematográficas? Por onde andou meu pai, quando viajou a cavalo pelo Velho Oeste?

Será que ele não se sentiu constrangido, com uma sensação ídiche de *déjà vu,* quando passou sob o portão de entrada de OK Corral, seu cavalo hesitando por um momento, recusando-se a prosseguir? Vamos lá! A galope, meu alazão!

Muitas vezes nessa fronteira poeirenta, enfrentando os ladrões de gado, o xerife corrupto, o povo amedrontado da cidade, ele não ia para Tombstone; voltava para outro passado. Somente aqui, deitado na cama e assistindo aos filmes na televisão, é que ele podia ficar junto de seus heróis. A questão não era ver o mal derrotado. O Bem vence o Mal. O paraíso era aqui e as regras eram simples. Enfrente o inimigo, atire nele, salve a cidade e você não precisará jamais olhar para trás.

Sozinho, chegando do Leste, ele cavalga para Auschwitz, passando devagar pela arcada. Desce do cavalo e prende-o à cerca de arame farpado. Ninguém à vista, as ruas estão vazias. Sim, chegou a hora em que finalmente *arbeit macht frei* a todos. Ele inspira o ar e diz: "*Shmeckt avek*". No céu, a ameaça de uma tempestade; um trovão estala, um relâmpago risca o chão ao lado dele. Do nada surgem nazistas que se postam à sua frente. Ele está cercado. Porém, está calmo, a mão firme e o olhar resoluto fixo no inimigo.

O momento pára, um universo suspenso em uma imagem congelada. Vento carregando fumaça que se levanta das chaminés dos crematórios. Os prisioneiros em seus alojamentos não se movem, a respiração é retida. Nenhuma fórmula milagrosa, nenhuma fumaça de arma de fogo, nenhum derramamento de sangue. Chegou o Juízo Final.

Ele se coloca diante dos nazistas e deixa escapar um gemido tão forte que sua ressonância faz estremecer o chão que ele pisa e a terra se parte, engolindo todos os nazistas. Enviados para o inferno, eles são encarcerados no centro da terra que, agora e por toda a eternidade, pulsará ao ritmo da memória para orientar a essência dos ventos.

Calma e silenciosamente, meu pai vai de alojamento em alojamento e abre as portas sem fazer barulho. Os prisioneiros protegem os olhos da luz conforme saem para o pátio, onde estavam quando foram tirados à força de suas mães, seus pais, suas irmãs, irmãos, seus filhos - de todos aqueles que haviam sido arrebanhados à esquerda.

É um pesadelo imaginar o destino inexorável das coisas. E, nesse imaginar, vejo meu pai.

Você está com uma aparência muito boa, papai. Sempre esteve.

ARBEIT MACHT FREI

QUANDO TRANSFORMEI ETIQUETAS DE FRANGO KOSHER EM BIJUTERIA IMITANDO JÓIA, DESCOBRI QUE A PALAVRA "KOSHER" FORMA "JUDEU" NAS LATERAIS — VEJA MEU BRACELETE! MEU PESCOÇO E MEUS PUNHOS ESTAVAM SEMPRE ENGORDURADOS. DEI ALGUMAS DESSAS BIJUTERIAS DE PRESENTE PARA MINHA BUBBE E MINHA TIA, MAS ELAS NUNCA AS USARAM. ELES TINHAM SUAS PRÓPRIAS ETIQUETAS. TIA JENNY GOSTAVA DE CANTAR EM ÍDICHE ENQUANTO BUBBE DAVA BANHO EM MIM E EM MEU PRIMO MICHAEL. ASSIM, DEIXÁVAMOS DE CHEIRAR A FRANGO.

O Ídiche É o Suporte do Mundo

Está engraçado o suficiente, triste o suficiente? Estou muito chorosa, muito irritada, muito petulante? Buá! Pobre filha de sobreviventes! Consegui evitar todos os clichês sobre o Holocausto? Veja você, tenho um problema — crescer na casa de meus pais não foi trágico; trágico foi o passado deles. Minha vida não foi amaldiçoada; a deles foi. Eles nasceram sob uma estrela adversa e foram forçados a pregá-la em suas roupas. No entanto, aqui estou, uma espécie de Sísifo judeu, empurrando a história e a memória encosta acima, perguntando a mim mesma o que se espera de mim, e o que sinto, na verdade, é que sou uma criança rebelde, com vontade de me postar diante de meus pais e lhes dizer: aqui, peguem — é tudo de vocês; não quero nada para mim.

Entretanto, tudo o que tenho que fazer é olhar para a frente e vislumbrar Primo Levi e Elie Wiesel, os Pais Fundadores da Memória, lá no topo, para poder compreender minha insensatez. Veja o quanto custou a eles encontrar as palavras que procuravam.

Ao mesmo tempo, não consigo deixar de imaginar coisas. Como seria o assoalho em volta da escrivaninha de Primo Levi? Cheio de papel amassado, idéias jogadas fora porque ele sentia que lhe faltavam palavras que pudessem pelo menos chegar perto da verdade da experiência vivida por ele? Será que Elie Wiesel sentiu a frustração de ter que encontrar novas formas de dizer a mesma coisa repetidamente, muitas vezes colocando o lápis na mesa e olhando em direção ao paraíso? Será que ele usava um dicionário do Holocausto como guia, e toda vez que, confuso, procurasse uma palavra, por exemplo, "crematório",

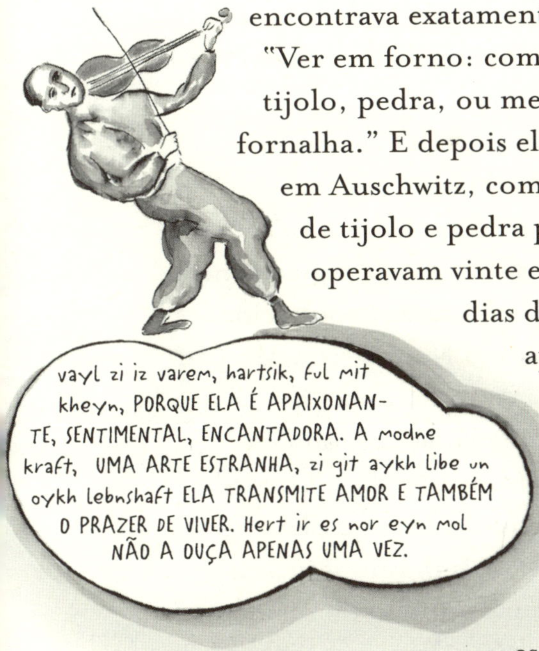

encontrava exatamente o substantivo que queria? "Ver em forno: compartimento fechado de tijolo, pedra, ou metal para cozinhar alimentos; fornalha." E depois ele tentava construir uma frase: em Auschwitz, compartimentos fechados, feitos de tijolo e pedra para cozinhar carne de judeu, operavam vinte e quatro horas por dia, nos sete dias da semana. A frase é riscada, apagada e outra começa a surgir no seu lugar... Será que um desses dois escritores alguma vez pensou que algo que dissessem ou escrevessem poderia ser de mau gosto, ou será que eles escreviam piadas em segredo, que jamais poderiam ser contadas fora de seus estúdios? Como essa: Max e Abe caminham em direção a um compartimento fechado, feito de tijolo e pedra; Max vira-se para Abe e diz: "O que é que dá quando você engraxa um auditório com um milhão de judeus? Um cremeatório". Hilariante mesmo. Felizmente, essa anedota teria sido amassada e adicionada a uma crescente pilha de piadas rejeitadas.

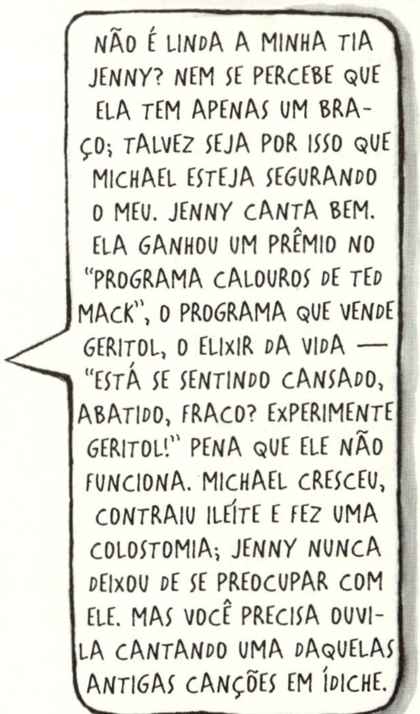

É bem difícil descobrir as palavras certas para expressar o que deve ser lembrado, mas é ainda mais difícil

quando cada palavra anseia por abrigar e resguardar a memória de uma geração agora idosa e agonizante.

Nasci em outubro de 1949, na região central de Toronto, conhecida como Kensington Market.

Fazendo fronteira com a Spadina Avenue, uma das principais artérias norte-sul da cidade, as ruas ao lado oeste — Augusta, Kensington, Baldwin, Nassau, Oxford — formavam um labirinto de pequenos becos e casas comprimidas umas junto das outras. Imigrantes judeus da Europa Oriental chegaram aqui no início do século XX e construíram suas primeiras casas. Rapidamente estabeleceram seus negócios de carrocinhas presas ao chão em frente às suas casas e vendiam uma grande variedade de mercadorias. Aqueles que prosperaram, com o tempo deixaram suas casas e se mudaram para o norte, para outras regiões da cidade. Depois da guerra, abriu-se espaço para outra leva de imigrantes e, com eles, a vida em *shtetl* foi transplantada e criou raízes.

Naquele ano, o dia de meu nascimento coincidiu com o Yom Kippur. Não sei se minha mãe jejuou ou não na véspera, mas o seu Dia do Perdão forneceu um novo nome para o Livro da Vida. Nunca saberei com certeza se o fato de ter nascido nessa data auspiciosa significou que daquele dia em diante eu ficaria livre de culpa por qualquer ato ou pensamento, ou tão carregada com ela que acreditei que *O Guia dos Perplexos*, escrito

pelo filósofo judeu Maimônides séculos antes de minha chegada, fosse endereçado a mim. Parecia apropriado começar de um estado de confusão, especialmente dentro do labirinto de Kensington Market, minha casa nos meus quatro primeiros anos de vida.

Kensington Market é minha babá, enquanto meus pais trabalham na loja bem ali na esquina, depenando frangos.

Estou em frente à padaria dos Lottmans, na Baldwin Street, uma versão em miniatura do Homem de Michelin e não consigo me mover com meu abrigo acolchoado, que me protege da neve. Rolimãs prateadas de açúcar — o tipo usado na decoração de bolos de casamento, que quebra os dentes quando a gente as morde — rolam em minha mão. Alguém da padaria deve tê-las dado a mim e, de qualquer forma, um dente de leite quebrado não seria uma tragédia.

O cheiro gostoso de quitutes assados escapa lá de dentro toda vez que um freguês entra ou sai; em vez disso, seria bem melhor ganhar um Nada — um confeito assado, polvilhado com açúcar, maná do paraíso. Quem teria dado a algo de comer o nome "nada"? Deve ter sido a mesma pessoa que saboreou algum doce e depois, com um encolher de ombros, disse em ídiche: "*Vus eppes*" — literalmente, "Que coisa é essa?" Desde o começo, isso deveria se chamar Alguma Coisa, mas seria simples demais. *Vus eppes*. Vá entender uma coisa dessas! Deve ser ela mesma e o seu oposto ao mesmo tempo, presente e ausente, bem igual a esse lugar do passado onde agora me encontro.

Do outro lado da rua, no empório de queijo, vejo queijos enormes na vitrine. Nas pequenas e estreitas lojas do mercado, todas apertadas, uma ao lado da outra, pode-se comprar de tudo: peixe que acabou de ser fisgado de um tanque, escamado e cortado em filés, frango depenado e no espeto, ou partido em pedaços pequenos, barricas de arenque na salmoura ou em conserva; barricas de picles na salmoura e no vinagre; bagel, pão trançado, pão de centeio, com ou sem kümmel, pão preto, com ou sem uva-passa e uma incrível variedade de vegetais, frutas frescas e secas. Os lojistas usam longos aventais brancos, que ficam manchados com as cores das mercadorias que vendem, pois é neles que limpam suas mãos sujas do sangue das aves recém-abatidas, da carne, do peixe ou do suco pigmentado da fruta madura demais. Os frangos, tentando enganar o destino, podem ser vistos andando pelas calçadas e ruas que podem muito bem ter sido feitas da palha e da lama do passado.

A Sinagoga Anshei Minsk, na St. Andrew, com sua arquitetura russo-românica, vela pelas ruas meio século antes de seus vitrais serem quebrados, seus livros queimados em 2002. Mas agora ela ainda consegue pôr no ar música klezmer, cadências da alma ídiche, outro tipo de doce

Nada. Deve ter sido ao som dessa música que Marc Chagall espalhou tinta em suas telas quando vivia na Rússia.

Nossa primeira casa na região de Kensington Market é um apartamento no segundo andar de uma casa na Wales Avenue. São dois quartos: um para nós e, o outro, para um pensionista, Senhor Pick, com quem dividíamos a cozinha e o banheiro. Ele era idoso e sozinho, e eu costumava pensar nele como o Senhor Palito de Dente, querendo completar seu nome para que ele se ajustasse à maneira como eu o via — alto e muito magro. Algumas vezes, depois do banho, enquanto minha mãe me secava e vestia, ele aparecia com uma balinha presa na extremidade de um barbante e a balançava à minha frente para eu tentar lambê-la.

Moramos na Wales Avenue menos de dois anos. Em 1950, os pais de minha mãe, Moishe e Machele, e minha tia e tio, Jenny e Jacob (que chamávamos de Jack) e seu filho, Michael, chegaram da Suécia, para onde haviam sido levados depois de guerra. Finalmente, estavam todos juntos novamente e, a partir daí, meus pais, meus avós e meus tios viverão sempre perto uns dos outros, não importa quantas vezes mudarem de casa.

Meu pai e seu irmão compram um prédio na Spadina Avenue; no térreo há uma mercearia. Jack irá cuidar da loja enquanto meu pai continua seu negócio no mercado da Kensington Avenue. Meus avós compram uma casa em uma rua bem próxima. Quando nossa família e a de Jack resolvem dividir o mesmo teto, preenchendo os dois andares em cima da loja, o senhor Pick foi convidado a juntar seus poucos pertences e se mudar para o sótão; assim, o sabor da bala no barbante irá adoçar uma nova casa.

O papel de parede de meu quarto tem caubóis e índios e eu estou chorando. Estou em um berço e minha irmã, Sharon, três anos mais velha do que eu, está perto de mim, deitada na sua caminha. Meu pai está aqui, perto de Sharon, com uma boneca nas mãos, e, quando me vê chorando, em vez de dar a boneca a Sharon, ele a dá para mim. No momento em que se inclina em minha direção para pôr a boneca em meus braços, ele é rodeado por caubóis e índios. É nesse momento que começo a associar meu pai com filmes de faroeste.

O Ídiche era a essência e a substância da vida em nossa casa. Um *veltele*, um mundo dentro de um mundo. Rememorando, o ídiche está incorporado no olhar intenso de meu pai e na capacidade de adaptação de minha mãe. Está no silêncio sisudo do pai de minha mãe e na capacidade de resistência de sua esposa; na presença constante e próxima de minha tia e meu tio. Ídiche é cada bar mitzvah, cada casamento, cada piquenique e cada reunião de fim de semana dos amigos de meus pais. Ídiche é passar o verão em Wasaga Beach, onde vários chalés formam um *shtetl* da família dos Esverdeados; é observar banhistas obesos, muito queimados de sol, com a água do lago até os joelhos, fazendo abluções com as mãos em concha e suspirando: "*Ah, what a mechaieh*", que delícia!

Ídiche era nossa casa. Era chegar correndo no banheiro antes de minha mãe e trancar a porta para ela não *patsh* meu *tochis* novamente e era o *shreklech* grito estridente quando meus pais ficavam zangados. Era a mesa de jantar lotada de velas *yorzeit* no Yom Kippur, o significado solene do dia revivido pelo resto do ano, quando bebíamos suco de pequenos recipientes de vidro que já haviam sido usados para queimar cera por vinte e quatro horas. Era o pão de centeio torrado com *knobl,* alho, que eu comia no café da manhã antes de ir para o jardim da infância, levando um sanduíche recheado de fatias grossas de salame e besuntado de *shmaltz*. Ídiche era o remédio que minha mãe usava quando cavava um buraco na batata e a colocava no meu polegar queimado e latejante. Só depois de quase dois quilos de batata e uma bolha bem grande e infeccionada, é que ela deixava um médico examinar meu dedo e receitar um antibiótico.

Não me recordo de ter ouvido alguém falar inglês até que comecei a freqüentar a escola. Conforme o vocabulário em inglês de meus pais crescia, eles acrescentavam as palavras ao

ídiche, embora naquela época eu achasse que uma única e harmônica língua fosse falada em casa. Desde cedo, meus ouvidos se afinaram para ouvir palavras ditas com certa cadência e tom. Até hoje, quando converso com minha mãe, absorvo o que ela diz sem ter a consciência de que ela mistura palavras em ídiche.

O fato de o ídiche ser primordial em nossa casa afetou minha relação com o inglês depois que comecei a freqüentar a escola. Exemplo: imagine que você está em férias, um estranho em uma terra estranha. Você está bem vestido — *fartrasket* —, pronto para dar um passeio exploratório à noite. Você entra no carro que alugou e dirige por algum tempo até que fica sem gasolina numa rodovia no meio de sabe Deus onde — é uma situação realmente *farshtinkener* (horrível.) Então, você descobre ter *fargessen* (esquecido) o celular no quarto do hotel *farkrimmt* (lotado) e começa a sentir que seu feriado está *farkuckt* (ferrado). Revendo tudo o que se passou, a excursão foi mal planejada por sua culpa e agora você se sente *farblondjet* (não apenas perdido, mas completamente fora da rota). De repente, um enxame de vespas surge da *finster* (escuridão) e você fica todo *farpotshket* (atrapalhado), da cabeça aos pés. Tudo está

farfolen (perdido). O dia está *fertig* (terminado) e você está deitado em uma vala *farkrimmt, farshtinkener, farkuck* ao lado da estrada.

Farshtaist? Está claro?

Com suas repetições silábicas, o ídiche se inseria na maneira como eu ouvia inglês. Agora, apenas para sentir o pleno sabor do apuro em que eu ficava, tente falar e espirrar ao mesmo tempo: *far-fetched, far-flung, far be it, forspent, foreshadow, for shame, furnish* (poderia ser confundido com *gornisht*, nada), *forlorn, forbidden, foreplay, furtive* (freqüentemente confundido com *fertig*) e *fermented* — uma de minhas favoritas, porque soa como se realmente significasse algo que tinha que ser, como em "fadado".

No final da década de 1950, eu costumava ver um show na televisão chamado *O Milionário*. Toda semana, Michael Anthony recebia um cheque para entregar a alguém que o merecesse, mudando para sempre uma vida na terra do sonho americano tornado realidade. As únicas coisas reveladas acerca do magnânimo benfeitor no início de cada show eram a narração em *off*, suas mãos e seu nome: John Bears Fartipton.

Ou, pelo menos, esse era o nome que eu ouvia. Só muito depois, durante uma conversa sobre trivialidades da televisão, é que fui corrigida: John Beresford Tipton. Mesmo assim, a junção que fiz, de acordo com minha interpretação, fazia mais sentido, já que *fartipt* significa retorcido, diferente, o que se ajustava bem a esse homem excêntrico, que doava um milhão de dólares por semana. No entanto, em vez de ser um *meshuggener*, um louco, talvez ele fosse uma versão televisiva do último samaritano, um genuíno *tzaddik*, alguém que, magicamente, irá cumprir a ordem de Deus e depois desaparecer, já que uma boa ação feita anonimamente é considerada a mais digna. "Os céus saberão e Deus se lembrará."

O ídiche define o mundo de onde vim. Era a língua falada pela maioria das pessoas na minha infância. Era a língua materna de meus pais, de seus *mamaloshen,* preenchendo cada passo que haviam dado, indo de um país a outro. Uma única vez, quando eu era bem jovem, vi meu pai varrer migalhas de pão do piso da sala de estar, usando a asa de um ganso, uma *fledervish,* como se fosse uma vassoura. Depois, ele queimou as migalhas, as *chometz,* em um prato, simbolicamente livrando nossa casa dos últimos vestígios de cereais e grãos, realizando a preparação final para o Pessach. Conforme ele se inclinou em direção ao fogo baixo no canto da sala, assombrei-me com uma estranha visão e senti, pela primeira vez, como o passado e uma língua estão intimamente ligados.

É aqui que começa o "alefebeto".

"A" É PARA EPEL, E ELA NÃO CAI LONGE DA ÁRVORE. MEU PAI COSTUMAVA OLHAR PARA MIM E DIZER ISSO. MAS QUEM ERA A ÁRVORE E QUEM ERA A MAÇÃ?
DOS EPEL FALT NISHT VAYT FUN BOYM.

ELA CAÍA NO CHÃO JÁ MADURA, OU SÓ CAÍA DEPOIS QUE UM VENTO FORTE A ARRANCAVA DO GALHO?
EI! EI!
SERÁ UMA EPPES QUE VEJO À MINHA FRENTE?
NÃO POSSO FICAR AQUI NO ALTO PARA SEMPRE, PENSANDO...
ONDE VOCÊ ATERRISSA QUANDO DÁ UM SALTO DE FÉ? VUS EPPES — SÓ DEUS SABE!

8 4
0
5 9
1 2
7 6 3
GEDENK!
GEDENK!

OBRIGADA PELA ATERRISSAGEM SUAVE, SENHOR DURANTE. QUEM DIRIA, HEIN? SUA CANÇÃO FOI REALMENTE "INKA-DINKA-DOO".
Ge-denk ge-denk a-doo ge-denk ge-denk a-dee...

ACALME-SE. SEU PAI VAI KVELL, FICARÁ MUITO ORGULHOSO QUANDO VIR VOCÊ NESTE DRESSKELEN LINDO.
E EU VOU ME LEMBRAR DE TODAS AS COISAS QUE ELE PERDEU.

BEEP
BIFE NO PÃO DE CENTEIO
KÜMMEL
PEPINO EM CONSERVA
ÁGUA GASOSA
ZAP
NO BAT MITZVAH DA NETA..
MAIS TEMPO — PARA ENVELHECER AO LADO DA ESPOSA.

APÓS CHEGAREM A UMA NOVA TERRA, MEUS PAIS E SEUS AMIGOS NUNCA SOUBERAM QUE SEU PASSADO HAVIA DESENHADO UMA SOMBRA SOBRE AS VIDAS QUE ELES TROUXERAM AO MUNDO. SOMENTE A SOMBRA SABE DISSO E ELA ESTÁ TENTANDO FALAR.
NÃO FIQUE SHIKKER.
É UMA MECHAIEH ESTAR AQUI.
MINHA ESPOSA ZISKEIT.
EU GOSTARIA DE CANTAR PARA TODOS.
SUA MÚSICA É NOSSO PASSADO.
AQUI!
AGORA EU ME SINTO EM CASA.
L'CHAIM!
ONDE ESTÃO AS KINDERLACH?
EU PODERIA PLOTZ.
SE EU COMEÇASSE A CHORAR...
...EU NUNCA PARARIA.
OYF SIMCHAS.

SE É CHANUKAH, AS KINDERLACH ESTÃO NO QUARTO DE BRINQUEDOS DO PORÃO, APRENDENDO A JOGAR CARTAS.
QUE TAL JOGAR COM DINHEIRO DE VERDADE?
CHAI.
VAMOS, PARE NA GIMMEL!
VOU PERDER TUDO SE O DREYDL PARAR NO NUN.
POSSO EMPRESTAR ALGUNS AMENDOINS A VOCÊ.
AS LETRAS GIRAM "NES GADOL HAYAH SHAM": UM GRANDE MILAGRE ACONTECEU LÁ. MAS NÃO EM TODA A PARTE.

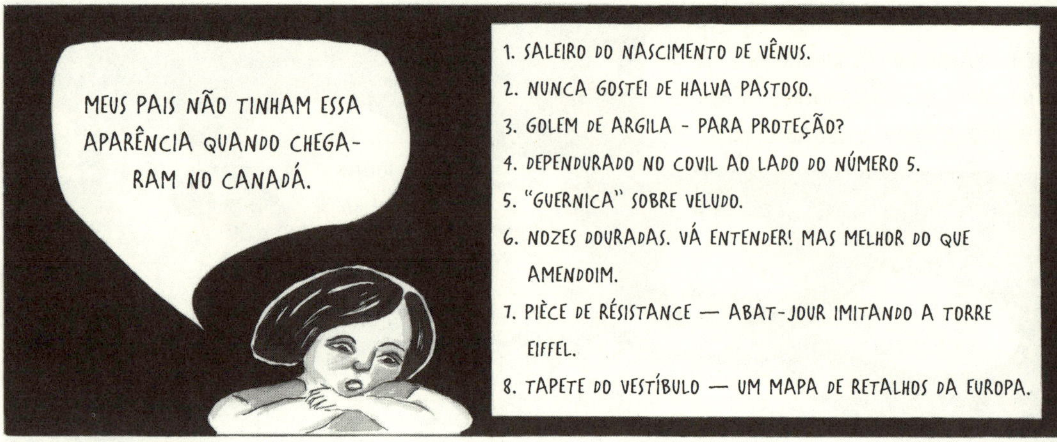
MEUS PAIS NÃO TINHAM ESSA APARÊNCIA QUANDO CHEGARAM NO CANADÁ.
1. SALEIRO DO NASCIMENTO DE VÊNUS.
2. NUNCA GOSTEI DE HALVA PASTOSO.
3. GOLEM DE ARGILA - PARA PROTEÇÃO?
4. DEPENDURADO NO COVIL AO LADO DO NÚMERO 5.
5. "GUERNICA" SOBRE VELUDO.
6. NOZES DOURADAS. VÁ ENTENDER! MAS MELHOR DO QUE AMENDOIM.
7. PIÈCE DE RÉSISTANCE — ABAT-JOUR IMITANDO A TORRE EIFFEL.
8. TAPETE DO VESTÍBULO — UM MAPA DE RETALHOS DA EUROPA.

ONDE VAMOS PÔR TODA ESSA CHOZZERAI?
NÃO VEJO A HORA DE DESFAZER NOSSAS CHOTCHKES!
4
3
8
7
1
2
5
6
BERLIN
PARIS
ITALY
POLAND

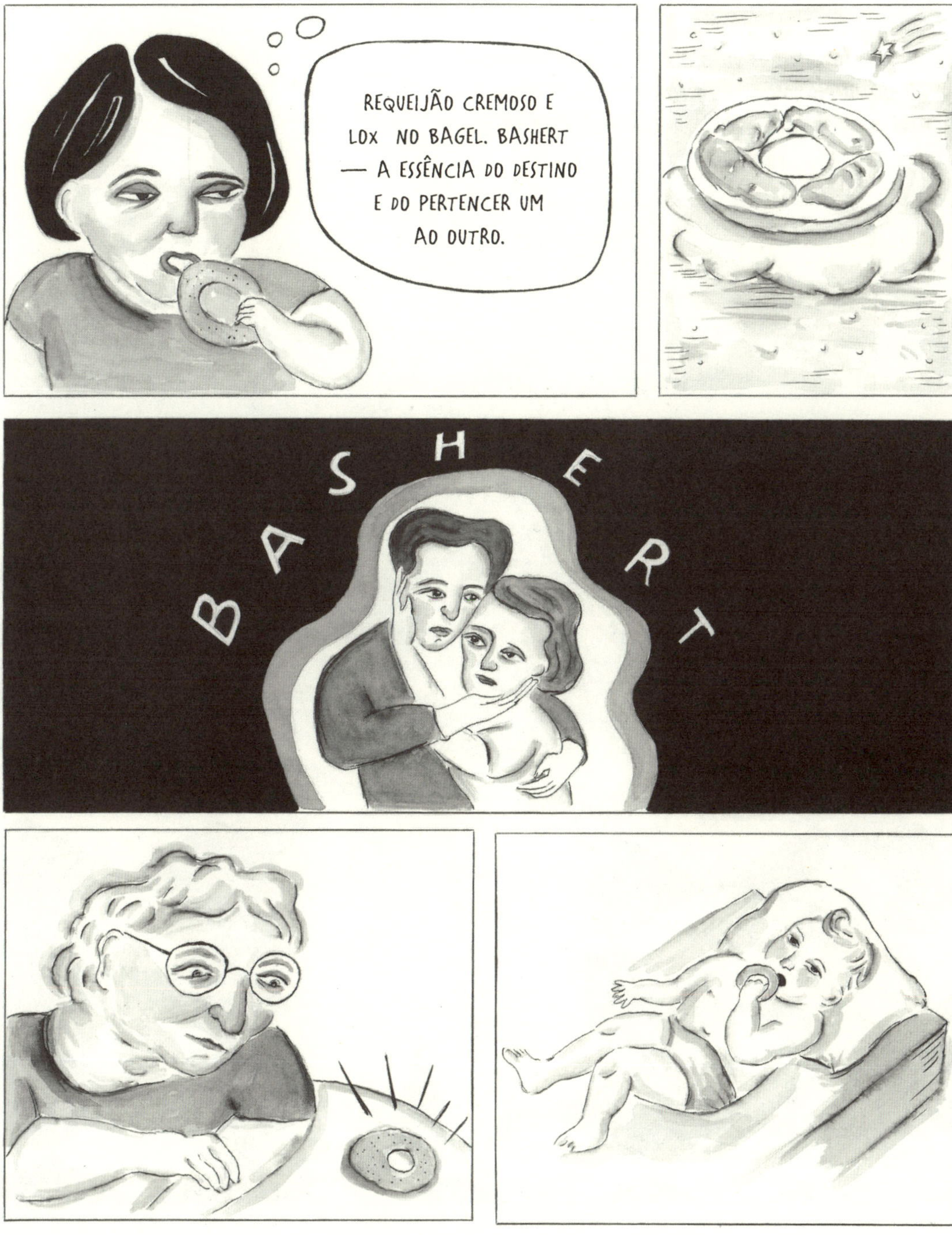
REQUEIJÃO CREMOSO E LOX NO BAGEL. BASHERT — A ESSÊNCIA DO DESTINO E DO PERTENCER UM AO OUTRO.
BASHERT

DENTRO DOS SONS DO ÍDICHE, ESTRANHOS E FAMILIARES, UM SABOR COLHIDO DO AR. ALGUMA COISA QUE UMA BUBBE PODE DAR A UM NETO OU NETA. ALGUMA COISA QUE UMA VEZ EXISTIU.
ELA MERECE SOMENTE NACHES, ALEGRIAS, COISAS BOAS.
NEM, BUBELEH. ESS ESSE NADA QUE ACABEI DE ASSAR.

HÁ UM PROVÉRBIO ÍDICHE: SE TODOS NÓS FÔSSEMOS NA MESMA DIREÇÃO, O MUNDO VIRARIA DE PERNAS PARA O AR. MAS... E A CRUELDADE? SERÁ QUE O MUNDO PRECISA REALMENTE DELA PARA EXISTIR?
É MELHOR OUVIR AQUELES QUE O FAZEM RIR OU FICAR PENSANDO A RESPEITO DO ESPAÇO E DO TEMPO DO QUE OUVIR AQUELES QUE ENVENENAM NOSSOS SONHOS.

OYF SIMCHAS
OYF SIMCHAS
OYF SIMCHAS
OYF SIMCHAS
OYF SIMCHAS
NÃO SABE O QUE É? UMA EXPRESSÃO OUVIDA EM CELEBRAÇÕES E TAMBÉM QUANDO SE DÁ AS CONDOLÊNCIAS? OYF SIMCHAS — QUE NOS ENCONTREMOS EM OCASIÕES FELIZES.
UMA EXPRESSÃO USADA POR OCASIÃO DE UMA PERDA, PARA EXPRESSAR O DESEJO DE QUE A COMUNIDADE SE REÚNA DA PRÓXIMA VEZ EM TEMPOS MELHORES.
OYF SIMCHAS
OYF SIMCHAS
OYF SIMCHAS
OYF SIMCHAS
OYF SIMCHAS

OYF SIMCHAS

EU TINHA MEDO DO ESCURO. ÀS VEZES EU ACENDIA UMA DAS VELAS USADAS NA VIGÍLIA PARA CLAREAR O CAMINHO.
OPA! CAVERNA ERRADA.
ALIENÍGENAS DEIXAM PLANETA TERRA COM UM ESPÉCIME PARA EXPERIÊNCIAS.

MUITO TEMPO DEPOIS... ALIENÍGENAS DESCOBREM TERRA DESABITADA, COBERTA DE FORMAS ESTRANHAS.
TRADUÇÃO: VUS EPPES!
O ÚLTIMO JUDEU ERRANTE EXPLICA QUE AS PEDRAS SÃO MEMORIAIS. ELE PEDE AOS ALIENÍGENAS QUE AS CORTEM E NUMEREM. DEZ VARIÁVEIS QUE PODEM SER COMPUTADAS INFINITAMENTE, SEM QUE SOBRE UMA ÚNICA QUE NEGUE A SUA PRECISÃO. E FOI ESSA A ÚLTIMA VEZ QUE O KADDISH FOI OUVIDO NA TERRA.
YISGADAL V'YISKADASH
0123456789

COMO LIDAR COM ESSE TIPO DE LÓGICA FARKUCKTEH? PODE-SE APRENDER COM OUTROS, COMO HANNAH ARENDT E PRIMO LEVI.
CEM MORTOS É UMA CATÁSTROFE. UM MILHÃO DE MORTOS — APENAS ESTATÍSTICA.
A MANIFESTAÇÃO DOS SOPROS DO PENSAMENTO NÃO É CONHECIMENTO; É A HABILIDADE DE DISTINGUIR O CERTO DO ERRADO, O BONITO DO FEIO.
NÃO SE TRATA DE ALCANÇAR AS RAÍZES MAIS PROFUNDAS DO CONHECIMENTO, MAS APENAS DE DESCER DE UM NÍVEL A OUTRO, COMPREENDENDO UM POUCO MAIS DO QUE SE COMPREENDIA ANTES.

A memória não tem um centro, mas em cada lugar dela bate um coração.

"A" é para epel, e ela não cai longe da árvore. Quando nasci, junto com meu nome inglês, recebi os nomes em ídiche das duas irmãs de meu pai, Binche e Chana. Uma vez, anos mais tarde, quando fiz tranças e prendi o cabelo bem baixo, perto do pescoço, meu pai me disse que eu estava parecida com Binche, sua irmã mais velha. Não consegui decifrar sua expressão naquele momento, mas conforme ele encontrava seu caminho de volta à família através de mim, senti que aquele momento fundia ternamente satisfação e perda.

Um dia, alguns anos atrás, tia Jenny recebeu de um amigo uma cópia das memórias que ele havia escrito sobre suas experiências na guerra. Ele era um *landsman*, um compatriota de Miechow, a cidade-natal de meu pai e meu tio, e a família havia mantido contato com ele depois da guerra, quando ele se estabeleceu na América. Minha tia me disse que em uma parte do livro, que trata da dizimação do gueto de Miechow, havia informação sobre Binche, e me contou o que havia lido. As únicas coisas que eu sabia sobre Binche, com base no que meu pai havia contado, eram que ela estava grávida e que havia morrido na guerra, junto com os pais, a irmã e o marido. Se ele sabia mais a respeito dela, nada disse nem a mim e, como vim a saber depois, nem à minha mãe.

Alguns dias mais tarde, minha mãe recebeu a sua cópia das memórias e foi então que eu li sobre o que esse homem gentil havia testemunhado e depois escrito em linguagem simples, despojada, aproximando-me bastante do que ele havia visto.

Na manhã de sábado, quatro de setembro de 1942, os últimos mil e quinhentos judeus de Miechow foram reunidos pelos soldados alemães e obrigados a marchar até a estação de trem. Lá já havia centenas de outras pessoas, trazidas das regiões vizinhas. Muitas choravam e crianças perdidas gritavam por suas mães. Meus avós paternos lá estavam com as duas filhas: Binche, que estava grávida, e o marido, Mintz, com quem ela havia se casado no gueto, no ano anterior.

Binche entrou em trabalho de parto prematuro e um grupo de mulheres se reuniu ao seu redor e tentou ajudá-la a dar à luz. O som de seus gritos era profundo e doloroso e, por muito tempo, escreveu a testemunha, eles invadiram seu sono. A criança nasceu, mas foi imediatamente morta com um tiro.

Como o breve relato desse homem sobre a irmã de meu pai termina aqui, nunca saberemos com certeza se Binche foi morta logo em seguida ou se foi forçada a entrar no trem com os outros, com o marido, a irmã, os pais, e levada a Treblinka, na Polônia Oriental. O Kaddish, a prece do enlutado, não foi recitado, mas agora o testemunho de um desconhecido trouxe de volta o nome dela, completando o meu, permitindo-me colocar uma pedra em uma lápide não identificada.

Mais tarde, perguntei à minha mãe sobre esse homem, que não fez parte do grupo transportado naquele dia por estar entre uma centena de jovens que haviam sido selecionados para trabalhar em outro local. Seu próprio passado desperta e ela começa a falar sobre a época logo após a Libertação, quando meu pai e ela viviam em um apartamento na cidade de Katowice, onde se casaram. Ela me diz que esse homem havia sido amigo de meu pai e da família dele, e que era alfaiate. Depois da guerra, ele passou por Katowice, onde acabou ficando alguns dias antes de seguir viagem, pois ficara sabendo que meu pai lá se encontrava.

Pergunto-me, à medida que minha mãe fala, se esse homem que conhecia meu pai e sua família nunca contou a meu pai o que havia testemunhado. Tenho que fazer mais uma pergunta, pois quero saber se ele foi poupado do que agora temos que lembrar. Quando pergunto, minha mãe me assegura que meu pai, a quem ela conhecia tão bem, nunca soube do que aconteceu com sua irmã naquele dia.

Com a resposta dela, o tempo se esvaece e eu vejo dois sobreviventes abraçados, se cumprimentando pelo retorno à vida, com seus pesadelos bem guardados, confiados apenas à memória.

A é para *aleha ha-sholem.* Sobre ela, paz. Por Binche, irmã de meu pai.

AH! SE MEUS PAIS TIVESSEM LIDO LIVROS PARA MIM QUANDO EU IA PARA A CAMA...
TESTIMONY
the DROWNED & the SAVED
AFTER SUCH KNOWLEDGE
NIGHT
POET SURVIVOR JEW
To Paint Her Life
THE REAWAKENING
the VOICE of MEMORY
SECOND HAND SMOKE
IF NOT NOW, WHEN?
KADDISH for an UNBORN CHILD
NOTHING MAKES YOU FREE

O Significado dos Livros

Não havia livros ou quadros na casa onde passei minha infância. Meus pais liam o jornal, mantendo-se atualizados com os acontecimentos do dia. Os únicos concertos a que assistíamos eram nas manhãs de sábado, quando *A Hora Ídiche* era transmitida pelo rádio e chegava à cozinha enquanto tomávamos nosso café. Naquela época, era uma *mish-mosh* (bagunça), uma cacofonia de sons, empilhados uns sobre os outros. "Barek, levante-se, o café está pronto." Sons de água no banheiro, pratos na cozinha, os passos intencionalmente pesados de minha mãe, para garantir que todos já estivessem acordados; música jorrando do rádio, com as Andrews Sisters cantando "Bei Mir Bist Du Schon".

EU VI SEDE DE VIVER E ME APAIXONEI POR TODAS AS CORES. FOI ENTÃO QUE COMECEI A DESENHAR.

Embora cada aposento de nossa casa fosse preenchido com o mundo de meus pais, era natural que eu fosse atraída para o que existia além da porta. Quando eu era bem pequena e ainda não ia à escola, abrir aquela porta aos sábados e sair era fácil, já que meus pais trabalhavam nesse dia também e, assim, deixavam minha irmã e eu sob os cuidados uma da outra. Quando meu irmão, Michael, nasceu, nós geralmente cuidávamos dele, felizes por termos um boneco do tamanho de uma criança de verdade para trocar e vestir.

Se, com o passar dos anos, desenvolvi um senso de negligência benigno para com os filhos, acabei aprendendo a ver tudo de maneira diferente. As circunstâncias da vida de meus pais lhes haviam ensinado a guardar suas histórias, mesmo depois que chegaram ao Canadá, quando a sanção da segurança restaurou seus espíritos. Eles devem ter acreditado que o país que os havia acolhido após a guerra iria também guiar cuidadosamente os passos de seus filhos. E como era muito pequena para entender que já havia sido moldada pela sombra do passado de meus pais, eu não sabia também que, uma vez do lado de fora, iria descobrir o meu próprio passado.

O Cine Vaughan, na St. Clair Avenue, ficava a alguns quarteirões de nossa nova casa em Braemore Gardens, uma rua circular no centro-norte da cidade. Um dia, quando eu era bem pequena, minha mãe me levou lá para ver um filme. Era *Oklahoma!* As mulheres estavam vestidas de roupas leves de algodão e os homens flutuavam em cavalos sobre um mar de milho, todos cantando e dançando sem parar; quando a pobre Judd morreu, o ritmo da música diminuiu, tornando-se pesado e triste; eu me escondi sob a poltrona, assustada, ainda que fascinada. Foi assim — no escurinho — que começou meu caso de amor com o cinema, que vem durando toda

a minha vida e continuará até que meus próprios créditos finais desapareçam da tela.

O HOMEM DO PREGO CONFIRMOU QUE A DOR FÍSICA QUE PODEMOS INFLIGIR A NÓS MESMOS NÃO É NADA, QUANDO COMPARADA AO PESO DOS FANTASMAS QUE CARREGAMOS.

Quando eu tinha seis anos, fui sozinha ao cinema pela primeira vez. Era um sábado. Acabei aprendendo sem muita dificuldade que uma boa pesquisa debaixo das almofadas do sofá rendiam miraculosamente um ingresso de cinema, e, com alguma moedinha extra, eu poderia comprar um saco de pipocas. Desde o início, o mundo do Technicolor despertou meu sonho de me tornar uma artista e, com o passar dos anos, minha cabeça foi se enchendo de fantasia, aventura e drama, conforme eu assimilava histórias de amores perdidos e reconquistados, de atos heróicos em uma floresta ou em uma sala de aula, do espírito altruísta de médicos, cientistas e pesquisadores. Ocorre que o Holocausto chegou em Hollywood e as novas imagens que eu via, agora em preto e branco, penetraram mais profundamente dentro de mim e transformaram-se em algo diferente e, ao mesmo tempo, estranhamente familiar, ligando-se ao passado de meus pais, tornando sua sombra ainda mais escura, e trazendo solução ao meu próprio passado. Com oito anos, vi *O Diário de Anne Frank*. Parei de brincar de esconde-esconde com as crianças vizinhas e comecei a procurar bondade nas pessoas. Mais tarde, pedi à minha irmã que me ensinasse a desenhar uma suástica. Enquanto ficávamos no chão de nosso quarto, enchendo folhas e folhas de papel com pesadas linhas escuras, eu temia que, ao criarmos essa imagem maléfica, entrássemos em território proibido e desencadeássemos uma terrível força que não teríamos como compreender ou controlar. Mas nada disso aconteceu, e embora não disséssemos nenhuma palavra uma para a outra, eu sabia que nós duas compartilhávamos o mesmo pensamento: Shhh — bico calado! — não diga nada ao papai e à mamãe!

AS TRÊS FACES DE EVA ME FEZ CONCLUIR QUE AS MUDANÇAS DE HUMOR DE VAN GOGH ERAM BEM COMPREENSÍVEIS.

Einstein observou que a única razão para a existência do tempo é que, se este não existisse, todas as coisas aconteceriam de uma só vez. Posso até imaginá-lo coçando a cabeça, perplexo e aturdido, quando em 1905 sua Teoria Especial da Relatividade debutou junto com o infame livro *Os Protocolos dos Sábios de Sião,* proclamando uma conspiração judaica mundial. No ano em que a ciência deu seu maior passo em direção à compreensão da massa e da energia, as massas usaram sua energia para culpar os judeus por tudo. Cinqüenta anos depois, quando completei cinco anos, meu próprio universo se expandiu, no momento em que, num movimento molecular contínuo, o alfabeto se reconfigurou e trouxe o entendimento — *Eureka!* E eu aprendi a ler. Na mesma época, a possibilidade infinita de Einstein atingiu o ponto zero e ele morreu.

Lembro-me do entusiasmo que sentia quando brincava com as letras, mudando-as de lugar e formando novas palavras. Era um jogo que eu havia aprendido na escola. Em cada jogada, a letra de uma palavra era removida e substituída por outra: foca, foto, fome, fogo. *A* é para *aktion, anschluss*. *A* é para absolvição. Franco tornou-se fraco; suspirar, aspirar; sorte, morte; lembrança, esperança; história, memória. As palavras tornaram-se pistas a seguir e códigos a decifrar, e eu não parava de me perguntar se teria havido outras pessoas no passado que brincavam como eu brincava. Mandar, mandante, mandamento; ter, deter; visão, revisão; Torá, torrar; ferir, frigir; poderio, poder, pó.

Aprender a ler me permitiu seguir a trilha infinda deixada por escritores, para tentar entender o que estava além de minha compreensão.

O senso de companheirismo que senti pela primeira vez quando segurei um livro, mesmo antes de abri-lo, nunca me abandonou. Eu lia com voracidade qualquer coisa e assim que terminava um, apanhava outro. Eu ia de Beatrix Potter a A.A.Milne e J.D. Salinger; de Harold Robbins a Hemingway e Dostoievski; de Anne Frank a John Steinbeck e Proust; de Leon Uris a Isaac Bashevis Singer, Gertrude Stein e Kafka, *ad infinitum*. Eu havia entrado na companhia privada de estranhos e desde então tenho ouvido o que eles têm a dizer; seus pensamentos me levam a extrair outras conclusões dentro daquelas que construo.

Sinto sempre grande emoção quando noto que um livro conversa com outro, expandindo aquilo que eu havia entendido no início. Li um livro chamado *A Voz da Memória,* uma coletânea de trinta e seis entrevistas de Primo Levi, feitas entre 1961 e 1987. Em 1984, quando perguntaram a Levi como ele conseguiu escrever *É Isso um Homem?*, um de seus livros mais conhecidos, a respeito de sua sobrevivência em Auschwitz, ele disse que escrever o livro foi para ele "uma espécie de 'prótese', uma memória externa, criada como uma barreira entre minha vida hoje e minha vida naquela época". Essa é a única vez que a palavra "prótese" aparece no livro, mas ela paira o tempo todo sobre ele...

O olhar inflexível de Philip Roth sobre a humanidade e o brilho de suas palavras e idéias fazem dele um dos grandes escritores de nosso tempo. Algum tempo depois de ler o livro de Levi, li *Complô Contra a América,* a conjetura ficcionalizada de Roth sobre o que teria acontecido se a América tivesse eleito um presidente anti-semita durante a Segunda Guerra Mundial, e, mais uma vez, fiquei fascinada. O romance, que se inicia em 1940, é narrado por um garoto chamado Philip Roth. O escritor se imaginou uma criança em um país infectado de medo e ódio dos judeus, um ódio que estimulou a histeria coletiva. Na página final do romance, após a mãe de um garoto vizinho ter sido morta em um massacre e levada para a casa de Philip, vejo aquela palavra novamente. "O próprio garoto era o coto, e até que fosse levado para viver com a irmã casada de sua mãe no Brooklyn, dez meses mais tarde, eu era a prótese."

Sei que Roth conheceu o trabalho de Levi e, sem dúvida, teve grande respeito por ele. Roth havia entrevistado Levi em Turin, na Itália, e a conversa entre eles foi publicada como um posfácio à edição de 1996 de *Survival in Auschwitz*. Teria sido o uso da palavra 'prótese' uma referência inconsciente de Roth a Levi, tanto tempo depois, ou teria sido o seu eco uma homenagem à memória desse escritor tão importante, a tudo o que Levi viveu e rememorou, à responsabilidade da memória?

Leio para ouvir aqueles cujas vozes foram caladas ou se perderam, para descobrir o que não me contaram. Certa vez, mostrei a meu pai *The Book of Alfred Kantor*, pois queria mostrar a ele algo que havia me impressionado muito. O livro consistia de quadrinhos desenhados pelo próprio Kantor, muitos dos quais eram acompanhados de descrições manuscritas. Durante a guerra, Kantor esteve preso em três campos de concentração: Terezin, Auschwitz e Schwarzheide. Era um artista ainda jovem quando a guerra começou e fez esboços do que viu e viveu. Alguns de seus desenhos sobreviveram, mas a maior parte se perdeu ou foi destruída. Depois da Libertação, enquanto estava em um campo de refugiados em Deggendorf, ele reconstituiu seu testamento e fez desenhos com o auxílio da memória. O livro foi publicado vinte e cinco anos mais tarde. Quando vi pela primeira vez o relato visual de Kantor, mostrando o que ele havia vivido, senti todo o desespero de um homem, de uma maneira totalmente diferente de qualquer coisa que eu havia sentido antes a partir de uma leitura ou de algo que eu havia visto. As imagens eram muito mais do que uma documentação em forma de desenhos; eram a própria memória visceral francamente exposta.

Até então eu não havia compartilhado qualquer livro com meu pai, mas, naquela noite, eu esperava que esse pudesse interessar a ele e que pudéssemos discuti-lo. Quando lhe mostrei o livro, ele folheou algumas páginas apenas, olhou superficialmente os desenhos, e depois o fechou. "*Ich kenish*... Não posso olhar para isso." Em seguida, levantou-se e saiu da sala, deixando-me decepcionada comigo mesma, por não ter antecipado sua reação; senti um profundo arrependimento por ter despertado sua dor.

No silêncio da cozinha compreendi que o que eu queria era que meu pai reconhecesse a importância desse livro para mim, mas novamente aquele tempo doloroso de sua vida recuou, ficou fora de alcance, rompendo uma conexão entre nós. Mais tarde, vi pela primeira vez como éramos parecidos um com o outro. Ele não conseguia falar do passado, e como para mim era impossível traçar meu caminho até lá, foi difícil chegar aos meus próprios sentimentos. Naquele dia, nem meu pai nem eu encontramos a maneira certa de expressar o que sentíamos em nossos corações.

Compro livros por qualquer razão. Algumas vezes compro-os só por causa da capa. Uma ilustração ou uma foto facilmente atraem meu olhar e eu simplesmente ignoro outros que estão nas prateleiras. Pego o livro, vou à página da dedicatória e leio os nomes que o autor registra e a quem mostra gratidão, reconhecimento, com devoção, com amor, *in memoriam;* sinto que há um convite para eu entrar em um reino muito especial.

Leio para me tornar sensível e perceptiva, como filha de pais que sofreram perda inimaginável. Leio para ser corajosa, para aprender como navegar em um mundo em constante mutação. Leio pelo puro prazer de sentir como a língua serve tanto à imaginação quanto à vontade e para ouvir vozes lúcidas reagindo a uma realidade sombria. Dessa forma, sinto que estou sempre descobrindo minha própria realidade.

Minha Mãe na Gravação

Quando eu era pequena, minha mãe e eu costumávamos caminhar juntas e ela segurava minha mão; seus primeiros passos estabeleciam o ritmo, como um regente de uma orquestra marcando o compasso. Ela olhava sempre para frente e eu, atraída pelo movimento de nossos pés, olhava para o chão. Talvez a memória esteja em seu nível mais terreno quando penso em minha mãe. Hoje vamos visitar o Senhor Pick. Tenho seis anos e não o vejo desde que nos mudamos para nossa casa em Braemore Gardens, depois de deixarmos a Spadina Avenue, há dois anos. Minha mãe me disse que ele queria me ver e agora estamos entrando no quarto de um hospital. Ela me leva até a cama onde ele está deitado, põe minha mão sobre a dele e senta-se na cadeira. Não me lembro se o Senhor Pick estava acordado ou se notou minha presença, mas senti que o silêncio do quarto e seu corpo embrulhado no lençol branco eram mais ou menos a mesma coisa. Acho que nossa visita não durou muito tempo e logo minha mãe e eu estamos de volta à rua, nossos passos sincopados seguindo o ritmo natural do dia.

Embora minha mãe não tenha me dito que o Senhor Pick estava morrendo, eu senti a importância e a gravidade do momento. Era simplesmente uma promessa a ser cumprida. Senti que, ao me levar para vê-lo, minha mãe e eu estávamos satisfazendo um pedido de um homem que agonizava. A calma presença em nossas vidas desse homem gentil, que havia sido nosso pensionista por algum tempo, havia sido devidamente reconhecida.

Não seria nada difícil para mim imaginar minha mãe pouco antes de sair de casa naquele dia, quando a sua rotina foi alterada. Ela preparou o jantar, limpou a cozinha e arrumou a casa. Então escovou meus cabelos, certificou-se de que minha roupa estava limpa e depois foi cuidar de si mesma: passou batom, vestiu o agasalho bordado com pequenas contas, feito por ela mesma, pegou-me pela mão e saímos. Esse mesmo senso claro de propósito e pragmatismo foi o que permitiu a minha mãe, muitos anos mais tarde, sentar-se em uma cadeira e falar diretamente a uma câmera por duas horas.

Em 1995, ela aceitou gravar uma entrevista para os Arquivos do Projeto Holocausto, uma iniciativa da Fundação Shoah, de Steven Spielberg. Mais tarde, ela me deu uma cópia do vídeo, uma fita que vi e revi para poder escrever sobre a história dela, conforme ela mesma a contou.

Minha mãe sentou-se diante de mim, bem aprumada em uma cadeira, e quando senti a precisão e objetividade de suas palavras, fiquei paralisada. Ela falou somente em inglês, coisa que raramente fazia, na mesma voz firme de alguém que assume a escolha feita, falando numa voz que reconheci de outros documentários que já havia visto. Havia algo em sua objetividade controlada que inicialmente criou uma certa distância entre nós, mas, conforme eu a ouvia, fui descobrindo a coragem que ela sempre teve. Sua história, que ela havia me contado apenas de maneira fragmentada, quando eu era ainda pequena, tinha agora uma seqüência, a melhor que sua memória permitia. Notei que ela estabeleceu o ritmo com um propósito firme e, junto dela, também olhei para a frente.

Sou Regina Eisenstein. Meu nome de solteira era Oksenhendler. Nasci em 1925 em Bedzin, Polônia, na região da Zaglembia, não muito distante da fronteira com a Alemanha. Em 1939, pouco antes de fazer quatorze anos, a guerra começou. Bedzin era uma cidade industrial, com trinta mil famílias judias. Tenho uma irmã, Jadzia [Jenny], dois anos mais nova do que eu, e um irmão, Lemel, três anos mais novo. No dia quatro de setembro, quando os alemães chegaram, a cidade entrou em pânico. A sinagoga do centro foi queimada, os judeus foram caçados e retirados à força de suas casas e muitos foram mortos no mesmo instante. Muitos outros tiveram suas casas totalmente queimadas. Os alemães fizeram batidas por razões desconhecidas. Muitos judeus foram acusados de atrocidades e punidos. A alimentação foi cortada e o mercado negro começou. O envolvimento com esse tipo de atividade tornou-se outra desculpa para os alemães fazerem prisões injustas. Nos primeiros meses, os vizinhos que não eram judeus evitavam os que eram. Até então, não havia formalmente nenhum gueto. Formou-se, então, o Conselho Judaico, uma comissão encarregada de ajudar os judeus a se organizar. A comida foi racionada e o toque de recolher estabelecido. À noite ouvíamos tiros e na manhã seguinte descobríamos qual casa havia sido invadida e quem havia sido morto.

Estabeleceu-se uma polícia judaica; alguns eram hostis, outros agiam de maneira correta. Os negócios foram assumidos por oficiais alemães e os judeus receberam autorização para trabalhar. Trabalhei fazendo uniformes para os soldados alemães. Isso significava que eu tinha permissão para trabalhar.

Eles estavam sempre criando leis diferentes: os judeus não podiam ter jóias, casacos de pele, câmeras, ou utilidades domésticas. Qualquer coisa era pretexto para assassinato ou para retirar os pertences de alguém.

Houve o caso de um homem que se envolveu no mercado negro, tentando conseguir comida para revender na comunidade. Ele foi preso e enforcado em praça pública. Fui testemunha do enforcamento. Eu conhecia esse homem — ele fora meu professor e também de meu irmão e minha irmã.

Em 1940, houve uma batida policial e meu pai, Moishe, foi levado para Magstadt, na Alemanha, onde teria que trabalhar na construção de uma rodovia. Recebemos na clandestinidade a notícia de que ele não recebia alimentação suficiente e era espancado com freqüência enquanto trabalhava.

Até então não havia nenhum gueto oficial na cidade [o gueto foi estabelecido em julho de 1940], mas, pouco a pouco, as famílias foram forçadas a se mudar todas juntas para o centro.

Eu tinha duas amigas que foram levadas para campos de concentração e recebi uma carta delas. Eram cartas tristes, mas cheias de sonhos: elas diziam que estavam se sentindo muito sozinhas, inconsoláveis, mas esperavam que a guerra terminasse logo. Eu me perguntava: será que algum dia ainda nos veremos?

Ambas morreram. Mais tarde, alguém que havia mexido no lixo do campo onde elas tinham ficado viu meu nome nas fotos que eu havia lhes enviado.

Na primavera de 1940, a SS fez outro cerco com a ajuda de cães treinados; todos os judeus foram retirados de suas casas e levados para um campo de futebol. Ficamos lá dois dias, debaixo de chuva e sem comida. Ficamos sentados, esperando. Foi terrível. Depois recebemos a notícia de que seria feita uma seleção. Os judeus foram levados para a estação ferroviária, e os velhos e as crianças com as mães foram embarcados em vagões de carga fechados. Meus avós foram levados.

Nessa altura dos acontecimentos, a maioria das famílias havia sido removida, muitas famílias desmanchadas. Minhas tias haviam sido levadas; um primo e duas primas vieram morar conosco; éramos, então, sete pessoas morando juntas. Foram tempos cada vez mais difíceis. Tínhamos receio até de procurar o mercado negro para conseguir comida. Depois da seleção correram boatos que muitos haviam sido levados para Auschwitz. Era difícil de acreditar.

[O entrevistador pergunta a Regina se os judeus falavam em fugir.]

Só os jovens falavam disso. Para fugir, era necessário ter dinheiro para pagar pelos documentos falsos. Harry Blumenfeld escapou. Mais tarde se descobriu que ele havia sido preso, levado para Auschwitz, onde foi interrogado e em seguida morto.

Depois, houve outras seleções na cidade. Aqueles que tinham autorização para trabalhar tinham chances melhores — poderiam se livrar da seleção. Eu era a única na família que tinha licença para trabalhar; então pedi a todos que se escondessem. Quando a SS chegou, fiquei do lado de fora da porta e disse a eles que estava sozinha, que minha família havia ido embora. Entrei em pânico e tive uma crise histérica. Eu sabia que o pior estava por vir. Achei que fosse morrer.

Então, os judeus que ainda estavam lá receberam ordem de se mudar para a periferia de Bedzin. Conseguimos um cômodo com um vestíbulo, para sete pessoas. Minha mãe, irmã, irmão e três primos.

A TIA DE REGINA, SARAH OKSENHENDLER, ERA PROFESSORA NO ORFANATO DE BEDZIN, SITUADO NA PERIFERIA DA CIDADE. EM 1943, O LOCAL FOI USADO PARA ABRIGAR OS JUDEUS ANTES DA DEPORTAÇÃO. MUITAS CRIANÇAS FORAM MORTAS; ALGUMAS FORAM VISTAS SENDO ATIRADAS PARA FORA DAS JANELAS.

Decidimos construir um esconderijo. Atrás do fogão, conseguimos fazer uma divisória de pouco mais de um metro, disfarçada por uma cortina acima do fogão. Fizemos também outro esconderijo pequeno debaixo da cama, já que o chão era de terra.

Em agosto de 1943, o gueto foi fechado. Um dia, por volta de meia-noite, ouvimos barulho da SS e seus cães. Estava havendo um tiroteio. Corremos para os esconderijos. Eu me escondi debaixo da cama e os outros atrás da parede divisória. Os policiais entraram e pensaram que a família havia ido para o ponto de encontro, distante quase dois quilômetros. Ao anoitecer, saio do esconderijo, olho pela janela e vejo o gueto deserto e muitas roupas espalhadas no chão. Não há água nas torneiras. Tudo o que tínhamos para comer eram algumas batatas e aveia. Minha mãe nos fez beber nossa própria urina, mas as três crianças reclamaram do sabor. Escondemo-nos durante mais alguns dias.
Foi insuportável. Estávamos morrendo de fome; então, decidimos deixar nossa casa. Minha mãe disse que devíamos dar um jeito de tomar um banho. Olhei-me no espelho; eu parecia louca; estava longe de ser uma pessoa normal.
Um oficial da SS nos viu assim que saímos e nos levou para o campo de esportes, onde havia outros judeus. Fomos todos reunidos em um grupo e obrigados a marchar até a estação de trem. Com um riso de satisfação, os poloneses viraram o rosto para o outro lado quando passamos. Não havia qualquer sinal de esperança.

Chegamos a Auschwitz depois de quatro ou cinco horas. Houve gente que morreu pelo caminho. Fomos retirados dos vagões e empurrados em direção às rampas, mas, pelo menos, havia ar fresco.

As mulheres, crianças e velhos foram embarcados em caminhões basculantes. Vi crianças sendo arrancadas das mãos das suas mães; mulheres que imploravam para ficar com os filhos foram espancadas e forçadas a subir nos caminhões. Quando eu e minha família chegamos para a seleção, meu irmão, Lemel, tentou se juntar ao grupo de homens, pensando que seria melhor para ele, pois sabia que ir para o caminhão não seria uma boa idéia. Logo depois, vemos que Lemel está no caminhão; tudo tão rápido, tão caótico.

Somos, então, obrigados a caminhar até o campo de Birkenau, parte de Auschwitz, alguns quilômetros adiante. Minha mãe, minha irmã e eu somos levadas para um lugar onde tiram nossas roupas e raspam nossa cabeça. Raspam todo o pêlo de nosso corpo. Não nos reconhecemos umas às outras. Era difícil entender o que estava acontecendo. Mandaram-me pôr o braço esquerdo para fora; não sinto mais nada. Sou tatuada. 54090. Minha irmã é 54091 e minha mãe, 54092.

[Regina fala diretamente com o entrevistador:] Você não vai gostar de ver.

Deram para cada uma de nós sapatos de madeira e um vestido. Sorte sua se o vestido fosse grande — pois teria material extra para rasgar e fazer roupa íntima. Somos levadas para o nosso bloco; cada bloco abrigava mil mulheres. Quem nos deu as boas-vindas, quando chegamos lá, foram as pulgas, uma verdadeira praga. Havia três estruturas de beliche, com seis beliches em cada.

Você até poderia pensar que, reunindo pessoas em condições tão terríveis como essa, elas se comeriam vivas umas às outras. Não — nós nos alimentávamos de mentirinhas esperançosas. Sentíamo-nos muito próximas umas das outras, porque éramos todas da mesma cidade.

Eu estava no mesmo barracão de minha professora, minhas colegas de classe, amigas — gente que eu conhecia.

Todos os dias, os prisioneiros eram acordados ao amanhecer e, sem comida e tremendo de frio, eram reunidos diante do barracão para a contagem. Depois, nós, mulheres, éramos levadas para o campo seco, onde enfrentávamos a cerca de arame farpado e os guardas na torre. Haviam espalhado cal no terreno e, quando chovia, o chão virava uma lama cinza. Recebíamos ordens totalmente sem sentido. Somente em momentos especificados podíamos nos aliviar, mas tínhamos que ser rápidas. Se alguma de nós demorasse muito no banheiro, era retirada com violência e espancada. As noites significavam ficar de pé por horas até sermos contadas. Sempre contadas.

Tomávamos sopa feita com água e algumas ervas silvestres, e comíamos pão duro, feito de farinha e pó de serragem.

Uma vez tive disenteria. Minha mãe trocou sua ração de pão por carvão, pois tinha ouvido dizer que carvão queimado misturado com água era remédio. Minha boca e meus dentes ficaram pretos, mas melhorei. Depois vieram os piolhos; tive também tifo e febre alta. Minha mãe e minha irmã tentaram me ajudar a esconder a doença, mas eles descobriram e eu fui levada para o hospital. O medo de não sair de lá era muito grande.

Subi em um beliche, uma cama de palha, que eu dividia com uma mãe e sua filha, que estavam também muito doentes. Tive escaras, que davam uma terrível sensação de queimadura. Logo entrei em coma. Minha mãe veio me visitar, mas eu não estava consciente e não me lembro quanto tempo fiquei lá, deitada — duas semanas?

Depois, quando recobro a consciência, ouço a garota ao meu lado cantando para sua mãe. "Minha mãe dorme melhor quando canto para ela", disse. Vejo que a mãe dela está morta.

Correm boatos de que Mengele vem fazer seleção. Os pacientes de tifo tinham que ser removidos. Eu tinha uma amiga que trabalhava no hospital e ela me disse para fingir que estava bem durante a inspeção. Ela achou um pedaço de lenço de papel vermelho e o deu a mim. Esfreguei o lenço em minhas bochechas para dar ao meu rosto uma aparência saudável. Fomos reunidas nuas diante de Mengele e seu assistente. Mengele segurava um bastão e dizia apenas: "Para a direita, para a esquerda...". Ele era bonito — como uma estatueta congelada; seu olhar era frio, sem sentimentos. A maioria de nós ficou à esquerda. Ele aponta para mim e diz: "Para a direita".

Os poucos de nós que restam são levados para o pátio e vejo pilhas de corpos — com a altura de dois andares. Chegam caminhões para aqueles que ficaram à esquerda. Depois da seleção, de todos os blocos, só sobrou gente para encher um barracão.

Na manhã seguinte, minha mãe e minha irmã descobrem que eu havia sobrevivido.

Agora havia um grupo novo de mulheres no campo, vindas de diferentes partes da Polônia, além de gregas, holandesas e húngaras. Aquelas que haviam vindo comigo, de minha cidade para Auschwitz, haviam quase todas morrido; poucas sobreviveram. Os crematórios funcionavam sem parar. A todo momento chegavam enormes carregamentos de prisioneiros.

Deram-me um uniforme listrado, um lenço de cabeça vermelho e me mandaram trabalhar em um bloco chamado "Canadá". Minha tarefa era separar e classificar as pilhas de objetos e bens tirados dos prisioneiros que chegavam no campo: roupas, livros de oração, óculos, jóias... Algumas vezes, quando encontrávamos açúcar ou um pedaço de chocolate dentro de uma bolsa, nós o comíamos. Era um bom emprego. Às vezes eu contrabandeava roupa íntima e dava-a para uma amiga. Chorei muito quando achamos roupa de bebê.

Um dia, pararam de trazer judeus. Nada para fazer, senão sentar-me no barracão, ser chutada ou empurrada. Um dia, alguém — um oficial — apareceu procurando mulheres para trabalhar em sua fazenda na Alemanha. Fui escolhida, mas eu não queria me separar de minha mãe e minha irmã. Então, elas conseguiram de alguma forma fazer um arranjo para me manter lá, mas isso significava que eu seria enviada de Birkenau para Auschwitz. Mesmo separando-me delas, era o melhor que podia ser feito.

Quando cheguei, não havia serviço propriamente dito, só tarefas sem sentido. Já era outono e logo chegaria o frio. Eu tinha amigas que estavam trabalhando na fábrica de munições vizinha e elas estavam contrabandeando explosivos, preparando-se para uma insurreição. Um crematório explodiu e as mulheres envolvidas foram identificadas. Construíram uma forca e, em outubro de 1944, testemunhei o enforcamento. A vida era muito triste.

Pouco antes de 18 de janeiro de 1945, chegou a notícia de que Auschwitz teria que ser completamente evacuado. Seríamos obrigadas a uma longa marcha. Eu não estava bem, minhas pernas estavam inchadas. No dia da marcha ouvi dizer que minha mãe, minha irmã e os outros tinham sido reunidos pela manhã e levados para fora do campo. Fiquei arrasada. Eu não tinha como encontrá-las. Houve pânico no campo e eu percebi que os alemães não conseguiam mais contar os prisioneiros.

Com algumas amigas, fui até um barracão onde havia um depósito de mercadorias; escondi-me debaixo de umas roupas e esperei até que anoitecesse. Quando anoiteceu, a maior parte do campo estava deserta. O barracão pegou fogo; então corremos para nos escondermos em outro. Entre os que apagavam o fogo, ouvimos alguns falando ídiche. Ficamos escondidas por mais quatro dias, sem comida e sem água. À noite, saímos e comemos neve.

Uma das minhas amigas ficou muito doente e ficamos com medo de que ela morresse; por isso saímos do esconderijo. Um oficial da SS, com os cães, nos pegou e nos acusou de espiãs. Com um revólver apontado para nossa cabeça, fomos levadas para junto de outras prisioneiras, que estavam sendo obrigadas a destruir todos os documentos das experiências médicas que haviam sido feitas no campo.

[Uma interrupção, uma pergunta: "Você poderia descrever a Libertação?"]

A única coisa que me passou pela cabeça foi escapar e me esconder. Muitos dos soldados alemães já tinham ido embora, tinham fugido. Havia planos de explodir os barracões. Ouvimos dizer que iriam explodir os judeus junto com o campo.Os soldados alemães tinham ido buscar os judeus que haviam ficado em Birkenau. Iam trazê-los de volta para Auschwitz. Minhas amigas e eu cavamos um buraco debaixo da cerca de arame farpado, para podermos ir para a periferia do campo e esperar para ver se o campo seria mesmo destruído. Os soldados receberam ordem para partir, para fugir dos russos que estavam se aproximando. Ouvimos tiros e percebemos que não era seguro ficar nos arredores. Voltei ao campo com minhas amigas. Ouvimos gritos, berros; os russos chegaram.

O que mais você quer que eu conte?

Os soldados russos nos perguntam que tipo de lugar é esse, que tipo de prisão é essa. Explicamos a eles e lhes dizemos que muitas de nós estamos doentes. "Vocês estão livres. Podem ir para casa", dizem eles.

Fico histérica. Todas nós ficamos histéricas. Não sabemos como festejar. Não há para onde ir. Porém, meu grupo decide simplesmente partir. Partimos para a Cracóvia; somos várias mulheres e homens. [Meu pai é um desses homens.] Quando chegamos, dizemos às pessoas viemos de um campo de concentração, mas ninguém acredita. Estamos com fome e recebemos a sugestão de procurar o mosteiro, onde podemos tomar uma sopa e encontrar um lugar para dormir. Percebo que, mesmo neste momento, é preciso tentar sobreviver.

A guerra ainda continuava. Nosso objetivo agora é voltar para casa e encontrar os que sobreviveram.

Quase ao final de fevereiro, chegamos em Katowice. Meu marido mudou seu nome de Barek Eisenstein para Bolek Jurkowski. Adotou um nome polonês para poder se inscrever no Bureau de Investigação dos Criminosos de Guerra e capturar nazistas. Ele disse que tinha ficado em um campo de concentração, mas não disse que era judeu. Por alguns meses, recebeu pagamento pelos serviços prestados, ganhou comida e alojamento. Comissões de judeus foram formadas para garantir ajuda. Mais e mais pessoas começaram a voltar. No dia 10 de maio, recebo a notícia que minha mãe e minha irmã estão no lado russo e estão voltando com o exército polonês.

Não tenho palavras para descrever o que senti quando reencontrei minha mãe e minha irmã...

Aqui termina o relato de minha mãe. E a fita chega ao fim.

Em 2002, minha mãe e meu irmão, Michael, decidiram se juntar a uma excursão de volta à terra santa, de volta a Auschwitz. Todo ano há excursões para os principais campos: Treblinka, Majdanek, Mauthausen, Auschwitz e para as sinagogas e os cemitérios que sobraram. Sentimos todos muito orgulho de minha mãe, pela sua coragem de voltar àqueles lugares.

Quando chegaram em Auschwitz, um guia os conduziu aos diferentes locais. Ao entrarem em um dos barracões, minha mãe o reconheceu e identificou o beliche onde havia dormido. Ela separou-se do grupo, que continuou a excursão, e quis ficar sozinha. Mais tarde, juntou-se novamente ao meu irmão e aos outros, e um ônibus os levou de volta ao hotel; lá chegando, ela foi para seu quarto. Naquela noite, minha mãe sentiu-se muito mal. Meu irmão me disse que ficou muito assustado ao vê-la tão frágil e percebeu que havia sido um erro tê-la trazido de volta a esse lugar que lhe havia causado tantos danos. Porém, na manhã seguinte, ela estava novamente em condições de continuar a viagem, mostrando interesse e disposição de espírito. Ela é seu próprio testamento de sobrevivência.

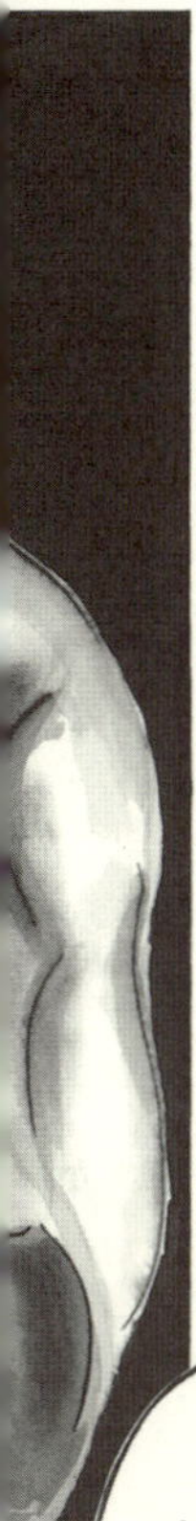

Eu não me juntei a eles nessa viagem, embora eles quisessem que eu fosse também. O fato é que eu tinha passado a detestar viajar de avião, com uma espécie de fervor supersticioso que me deixava paralisada. Em vez dessa

viagem, fiz outra: uma viagem silenciosa, que aconteceu quando me sentei e ouvi minha mãe contar sua história na fita.

Não estive com minha mãe na noite em que ela voltou de seu barracão em Auschwitz. Não fiquei ao lado dela na cama; não fiquei ao seu lado, enquanto ela rememorava o passado — o tempo em que se escondeu com a família em Bedzin, antes de eles serem retirados de casa, o dia em que seu irmão, Lemel, é separado de sua mãe e irmãs, a tristeza e o medo de que ela nunca mais veria sua mãe ou seu irmão novamente. Eu não conseguia fazê-la sentir-se segura, protegida com a minha convicção de que seus libertadores chegariam.

MOISHE, L'CHAIM. QUE VOCÊ VIVA ATÉ CENTO E VINTE ANOS. E, VOCÊ, MACHELE, QUE VOCÊ VIVA ATÉ CENTO E VINTE E UM ANOS, PARA QUE POSSA TER PELO MENOS UM ANO BOM!

Eu, Uma Neta

Meus avós morreram no intervalo de doze meses um do outro. Ele tinha noventa anos e ela noventa e um. Minha avó era mais alta do que meu avô, mas, com a idade, sua coluna foi se dobrando e ela se inclinou para a frente. Lembro-me dela curvada sobre as velas que acendia toda sexta-feira à noite antes do pôr-do-sol, sobre uma pia de cozinha ou sobre um fogão, preparando a refeição para o marido, certificando-se de que ele comesse mais um pedaço do bolo-esponja que ela lhe havia servido, dizendo com suavidade, *ess, coma, Moishele!* Enquanto ela ia, aos poucos, voltando-se para dentro de si mesma com a gradual fragilidade causada pelo envelhecimento, meu avô, pelo contrário, em nada mudou. Ele tinha apenas uma posição — sentado. Era comum encontrá-lo estacionado em uma cadeira de plástico na pequena varanda de sua casa; sentado no sofá de sua

saleta de leitura, à mesa da cozinha ou da sala de jantar. Sua deficiência auditiva acabou contribuindo para que minha avó fosse se calando. Sua aparência severa e sua postura rígida fizeram com que ela também se imobilizasse, até que, finalmente, eles permanecessem lado a lado, entrelaçados pelas décadas que haviam vivido juntos. Nunca me senti muito próxima de meus avós e nem eles de mim. Se lhes perguntassem que memórias tinham de seus netos quando esses eram jovens, eles certamente não teriam muito a dizer.

Logo depois que minha família se mudou de Braemore Gardens para o subúrbio, meus avós, minha tia e meu tio com os dois filhos também vieram para a vizinhança. Cada família tinha sua própria casa, cujo interior era decorado de maneira semelhante – uma reprodução de Luís XIV, sofás plastificados que não apenas lembravam uma época, mas também colavam no traseiro quando a gente se levantava. As casas eram cópias triplicadas, mas as tradições judaicas que cada família preservava variavam em grau. Embora meu pai tivesse tido uma casa de carnes kosher por muitos anos, minha mãe não seguia uma cozinha estritamente kosher. De maneira diferente de meus avós e minha tia e tio, fazíamos nossas refeições nos mesmos pratos, misturando laticínios e carne, apesar de carne de porco — e, lamentavelmente, bacon — ser proibida e, portanto, jamais ter permissão de passar além da porta. Enquanto nossa família e minha tia e tio iam à sinagoga somente nos feriados mais importantes, meus avós, que eram considerados judeus observantes, cumpriam as exigências do Shabat e freqüentavam a sinagoga próxima de sua casa.

Quando me lembro de cada uma dessas casas, chego a ouvir certos sons e ver gestos; a mão de meu avô, sempre moldada em punho cerrado;

os braços estendidos de minha avó, que, com o passar dos anos, foram encolhendo, tornando o abraço mais frouxo. A sensação de queimadura no rosto, causada pela bofetada de meu pai, porém, mais tarde redimida por seus braços protetores e firmes; ouço a voz de minha tia em sua casa, ensaiando a música ídiche que, mais tarde, ela iria cantar em um casamento ou bar mitzvah, ou em um dos muitos concertos em sinagogas e centros comunitários espalhados pela cidade; ouço o barulho da água quando meus pais algumas vezes se banhavam juntos; esse som atenua em minha memória os ruídos do rancor de ambos.

A casa de meus avós era uma casa silenciosa. Meu avô, Zayde Moishe, falava muito pouco, mas tinha um jeito de pigarrear que desafiava qualquer descrição. O pigarro vinha lá de dentro, agitando-se, encrespando-se como um vulcão prestes a entrar em erupção, e projetava-se para fora, batendo sem cerimônia em seus ouvidos surdos. Meu avô *era* aquele pigarro. O pigarro marcava a sua presença, lembrava-nos que ele estava lá no meio de nós, o sobrevivente mais velho, o patriarca da família, embora fosse um patriarca a quem ninguém pedisse conselhos e que não os dava para ninguém. Suas filhas, minha mãe e minha tia, eram sempre respeitosas e obedientes e, se mostravam alguma ternura pelo pai, isso só acontecia na privacidade. Foi a devoção incondicional de minha avó pelo marido que, de alguma forma, compensou a falta de devoção de todos os outros.

Eu deveria saber mais a respeito desse homem; deveria poder trazer alguma coisa a mais para a sala de sua casa, onde ele se senta, rodeado de quadros de sua esposa, de suas duas filhas e do filho que perdeu. Em vez disso, sei apenas umas poucas coisas a seu respeito, contadas por minha mãe e minha tia.

Na guerra, ele foi separado da esposa e dos três filhos e, juntamente com outros homens de sua cidade, Bedzin, foi levado para um campo de trabalho forçado. Lá, foi espancado e teve a capacidade auditiva seriamente prejudicada desde então. Depois da Libertação, a Cruz Vermelha o enviou à Suécia, como ocorreu com outros sobreviventes, para tratamento. Ficou por lá algum tempo e começou uma nova vida. Depois da guerra, minha avó e minha tia, ainda na Alemanha, acabaram descobrindo seu paradeiro. Conseguiram visto de entrada e se juntaram a ele em Landskroner. Foi só depois do funeral de meu próprio pai que eu descobri que, depois da guerra, meu avô não havia tomado qualquer providência para localizar sua família, acreditando que ninguém tivesse sobrevivido. Provavelmente quando sua mulher e sua filha finalmente apareceram diante dele, ele pensou estar diante de fantasmas que lhe diziam que seu filho, Lemel, havia morrido em Auschwitz.

Nas noites em que meus pais, minha tia e meu tio trabalhavam até tarde em suas respectivas lojas, nós costumávamos jantar sozinhos. Algumas vezes minha avó preparava sopa para os netos e nessas ocasiões o silêncio da casa era quebrado. Sharon, Michael, eu e nossos primos, Michael e Larry, sentávamo-nos à mesa da sala de jantar, diante de pratos de porcelana voltados para baixo, dispostos sobre a toalha de linho engomada e *essed.*

Algumas vezes nessas ocasiões, Michael e Larry, ávidos leitores de revistas em quadrinhos, não paravam de fazer barulho como aqueles mostrados nos balões de gibis, conforme lançavam armas explosivas imaginárias para lá e para cá sobre a mesa e fingiam morrer em câmera lenta. Meu irmão, minha irmã e eu agradecíamos a diversão, enquanto meu avô continuava sentado, sem ouvir nada; jamais levantava o olhar do seu prato, e minha avó lhe servia mais comida.

No final da noite, meu avô nunca se levantava para nos levar até a porta, o que dava à minha avó a chance de deslizar sorrateiramente para nossas

mãos um dólar ou uma moedinha, enquanto se despedia de nós com um beijo.

A partir do final dos anos de 1960, meus avós começaram a passar o outono fora de casa, mudando-se para um apartamento ensolarado na Flórida. Moishe podia, então, sentar-se em um cantinho mais quente e Machele teria menos aposentos para limpar. Assim, todo ano, sua casa no Canadá ficava vazia em novembro, mas era guardada por inquilinos do apartamento no porão. As plantas eram regadas com regularidade, a comida kosher permanecia intacta nos armários e os sofás da saleta de leitura e da sala de estar permaneciam lacrados com as capas de plástico, protegidos do pó.

FOI A VELHICE, NÃO A MÁGOA, QUE FEZ MOISHE SAIR ANDANDO A ESMO DURANTE O FUNERAL DE MEU PAI.

No ano em que completei vinte anos, morava em Jerusalém; quando voltei ao Canadá, já casada, fui com meu marido para a casa de meus pais. Nós dois continuávamos nossos estudos universitários em Toronto. Pouco antes de meus avós viajarem para fugir do inverno, pedi permissão para ficar na casa deles enquanto estavam fora. Prometi que cuidaria bem dela e que pagaríamos o aluguel até que eles retornassem. Meu avô pigarreou, aparentemente concordando, e minha avó disse que deixaria a chave com minha mãe. No dia da mudança, em questão de minutos, empacotamos nossos poucos pertences — livros e roupas — e, quando fui pegar a chave com minha mãe, ela, constrangida, me disse que meus avós haviam mudado de idéia. E disse mais: que eles haviam decidido deixar meu primo Larry como novo inquilino, morando de graça, e que não havia nada mais a ser feito.

Minha mãe aceitou a decisão de seus pais como um *fait accompli,* que não deveria ser contestado; entretanto, com meu pai a história foi bem diferente. Eu nunca havia testemunhado qualquer troca de afeto entre meu pai e seu *mechutonim,* sogro, e, algumas vezes, quando ele brigava com minha mãe, o maior insulto a ela dirigido antes de deixar a sala era *akshen,* teimosa como os pais. Dessa vez, porém, meu pai

perdeu as estribeiras e eu fiquei bem feliz. Ele destilou por mim boa parte da raiva e da mágoa que eu estava sentindo. *Es brent mir ahfen hartz... me hot a farshtopten kop... me drait zich vi a fortz in rossel!* Estou furioso... eles são uns cretinos... eles se contorcem como um peido em uma sopa turva!

Moishe... você é Moishe?

Meus avós haviam escapulido para a Flórida, deixando minha mãe no infeliz papel de me dar as más notícias. Eu sabia que ambos tinham grande afeição por Larry, que tinha o mesmo nome do filho deles; na verdade, não foi tanta surpresa para mim. Nunca achei meu avô uma pessoa muito solícita ou generosa; minha avó nunca se sentou ao meu lado e conversou comigo para me conhecer melhor. Eles me achavam rebelde e, portanto, pouco confiável.

Larry, estudante na faculdade de belas artes do centro, tinha agora uma casa nova e eu não conseguia ignorar esse fato. Eu tinha que ir até lá e ver como ele estava se virando em Meu Lugar. A casa estava irreconhecível. Tudo estava fora dos armários — a carne, os laticínios, todos os pratos, alguns sujos na pia, outros simplesmente empilhados no balcão, com restos de comida formando crostas, como se fossem pratos de Petri esquecidos, formando um tipo de bolor ainda desconhecido dos cientistas. Tenho certeza de que a cura do câncer estava lá, atrevida e na clandestinidade. Os móveis haviam sido empurrados para um lado, provavelmente para abrir mais espaço para... para quê? Para o pó? Todas as plantas da casa estavam à beira da morte — as folhas completamente secas, os caules ressequidos. Larry me apresentou ao seu companheiro de apartamento (quem deu a ele o direito de se tornar dono da casa?). Ele havia feito amizade com um Inuit, que precisava de um lugar para morar. Com o peito arfando de raiva, inspirei toda essa exibição do caos e depois senti minha própria respiração pairando no ar. Larry havia desligado o aquecedor para reduzir as despesas. Afinal de contas, era inverno.

Como eu gostaria que meus avós vissem aquela casa agora! *Oy vey iz mir.* Por que aquele que escolhemos fez tamanha *farkuckteh*, bagunça? Mas lamentos e gritos não aconteceram. No fim, minha mãe e minha tia limparam tudo e colocaram tudo de volta no lugar antes do retorno de meus avós; Moishe e Machele foram para o túmulo sem jamais saberem que sua casa, por algum tempo, havia se tornado refúgio não apenas para o neto, mas também para a sujeira; havia se convertido em um laboratório para experiências e combinações culinárias disparatadas, tornando-se também um pedacinho do "True North".[3]

Meu avô tinha noventa anos, quando, sentado em uma cadeira na varanda de sua casa, teve um AVC. Foi levado para o hospital e não mais recobrou a consciência. Eu o observava, deitado naquela cama, morrendo como havia vivido — estático. Noventa anos neste mundo; noventa anos que carregaram em silêncio a morte de um filho que, se tivesse sobrevivido à guerra, teria sido aquele que, de acordo com o costume, honraria a morte do pai: iria aos rituais diários e recitaria o Kaddish para o ano obrigatório, dessa forma fechando o círculo da vida de um judeu. Em vez disso, um desconhecido *yeshiva bocher*, um estudante seminarista, foi pago para cumprir essa obrigação. Dinheiro que sempre havia sido mantido sob rígido controle era agora usado para pagar a homenagem ao meu avô.

Na noite anterior ao enterro, o rabino da sinagoga que meu avô havia freqüentado por muitos anos veio até sua casa e informou minha avó que seu marido não tinha comprado nenhum lote no cemitério, nem mesmo quando teve a oportunidade de fazê-lo a uma taxa menor, juntamente com outros membros fundadores. Minha avó pediu ao rabino que tomasse providências para um lote duplo; porém, ele lhe disse que, infelizmente, a maioria dos lotes já havia sido reservada e que os melhores não estavam mais disponíveis. Meu avô foi enterrado na manhã seguinte perto da calçada que dava para a rua e lá ficou sozinho por apenas um ano.

E, assim, o brinde de meu pai aos meus avós havia se tornado uma profecia, embora ele próprio não tenha vivido para ver isso, pois sua própria morte ocorreu algum tempo antes da morte deles.

Se não consegui um lugar no coração de meu avô, consegui, pelo menos, me aproximar do coração de minha avó. Não tenho qualquer lembrança de ter sido abraçada por meu avô, mas o abraço de minha avó era afetuoso. É difícil para mim saber quão diferente ela teria sido se não tivesse passado uma vida inteira com alguém tão fechado para o mundo. Todos aqueles anos, ela havia satisfeito, sem reclamar, as necessidades do marido, trazendo-lhe chá onde quer que ele se sentasse, certificando-se de que ele estava rodeado de conforto e bem alimentado. E durante todo esse tempo ela conseguiu fazer parceria com o silêncio dele, falando sempre com uma voz suave, uma suavidade que escondia o sofrimento do seu passado.

Eu sabia que minha avó havia se escondido com os filhos até serem descobertos e levados para Auschwitz; sabia que seu filho havia morrido lá. Haviam me contado que no campo ela sempre tentava manter o ânimo das filhas, acalmando-lhes os temores e cuidando de sua saúde. No final da guerra, quando foi libertada, depois de sobreviver à marcha para fora de Auschwitz, ela pesava pouco mais de trinta quilos. Em meio a tudo isso, durante toda a sua vida, desde os primeiros dias da guerra até a sua morte, ela guardou para si mesma a expressão do que deve ter significado tanta perda.

Como honrar a história da vida deles, se a memória não se enternece? Sempre foi impossível para mim não desejar mais de minha avó e meu avô; o que também deve ter sido impossível também para eles próprios, cada um com sua própria vida. Não consigo encontrar o lugar onde eles se perderam para sempre de si mesmos. Talvez tenha sido esse o legado que me deixaram.

Dois Irmãos, Duas Irmãs

Há um provérbio ídiche que diz: "Um homem sábio ouve uma palavra e entende duas". Não tenho qualquer pretensão de ser sábia, mas, com o passar dos anos, tenho tentado considerar as coisas sob mais de um ponto de vista.

Veja a água, por exemplo. Difícil de ser encontrada, se você está andando pelo deserto, procurando um oásis, mas é fácil acreditar que ela está ao seu alcance se o sol escaldante sobre sua cabeça descoberta o faz ter delírios. A Bíblia dá à água seus poderes mágicos: é possível caminhar sobre ela, usar um bastão atingido por um raio para parti-la e deixar o povo atravessar, ou livrar-se do mal para que uma arca possa navegar sobre ela. A mitologia grega não apenas deu nomes aos rios de Hades, mas também os caracterizou:

Aqueronte foi o rio da dor; Flegêton, o rio do fogo; Cócito, o rio da lamentação; Estige, o rio usado para transportar nas balsas as almas dos mortos; e Lete, o rio do esquecimento. Nem mesmo os filósofos tornam as coisas mais fáceis para quem escolheu se molhar.

Heráclito acreditava que tudo está em um processo harmônico de contínua mudança, o que se resume em: não se pode caminhar no mesmo rio duas vezes. Tanto a água quanto a memória compartilham da mesma natureza enganosa.

O irmão de meu pai, Jack, casou-se com Jenny, irmã de minha mãe, e eles se tornaram não apenas parte da família, mas também extensão da vida de meus pais. Embora eles tenham conseguido liberar escassas gotas de informação do dilúvio de seu próprio passado, a história de Jack e Jenny lá inevitavelmente se reflete.

Meu tio e seu irmão mais velho, meu pai, tiveram sorte de poder ficar juntos durante a maior parte da guerra. Desde o início, quando os alemães levaram os judeus de Miechow para um gueto na cidade, os dois irmãos fizeram parte de uma seleção de homens enviados a Rakowitz, uma base militar perto da Cracóvia. Quando Jack e meu pai foram retirados da base dois anos mais tarde e trazidos para Plaszow, eles descobriram que seus pais e irmãs não haviam sobrevivido.

Eu nunca soube com exatidão quando ou como eles ficaram sabendo de suas perdas. Meu pai não falava sobre isso e nunca pensei em pedir ao meu tio para me dar maiores informações, já que eu nunca havia conversado com ele sobre as experiências que havia enfrentado na guerra. Tenho tentado imaginar a dor que deve ter invadido o coração de meu pai e, agora, curiosamente, ao tentar ver meu tio com mais clareza, pela primeira vez, me pergunto o que poderia ter invadido o seu coração.

Jack e meu pai ficaram em Plaszow algum tempo depois de terem sido preteridos durante as seleções que lá eram feitas regularmente e após as quais os prisioneiros eram levados para fora do campo, saindo de um inferno com nome e indo para outro, cujo nome desconheciam. Em 1944, durante uma seleção, Jack e meu pai estavam alinhados, um ao lado do outro. Ao fazer a contagem, o oficial parou quando chegou em meu pai; daquele momento até o fim da guerra, os irmãos ficaram separados. Jack ficou em Plaszow por mais algum tempo, depois foi enviado para outro campo, onde ficaria até a Libertação. Até o final da guerra, ele não ficaria sabendo que seu irmão havia sido levado para Auschwitz.

Enquanto imagino a jornada de dois irmãos, a minha própria jornada me leva ao passado paralelo de duas irmãs e sua futura condição de noivas, mas não antes de elas também serem separadas uma da outra.

Jenny, minha mãe — sua irmã mais velha — e minha avó ficaram juntas em Birkenau até o momento em que minha mãe foi retirada do campo e transferida para Auschwitz, onde ficaria até o fim da guerra. De alguma forma, minha avó e minha tia haviam conseguido evitar que minha mãe fosse levada para a Alemanha para trabalhar, mas, ainda assim, elas tiveram de se separar. Foi somente em maio de 1945 que minha tia e minha avó reencontraram minha mãe.

No dia 18 de janeiro de 1945, Jenny e Machele foram obrigadas, juntamente com milhares de outros, a uma penosa marcha, de Birkenau para Auschwitz. O campo estava devastado e Jenny e Machele tentaram descobrir se minha mãe estava em algum lugar junto com outras prisioneiras, mas não tiveram sorte. Todas foram obrigadas a ficar de pé durante um longo tempo do lado de fora, expostas ao frio, até que finalmente deixaram Auschwitz, na marcha da morte. Jenny e Machele jamais souberam que minha mãe estava escondida em alguma parte do campo e que também ela havia perdido as esperanças de encontrá-las novamente.

Certa vez, minha tia descreveu para mim o frio e a dificuldade de caminhar na terra dura. Os prisioneiros haviam feito trapos das poucas roupas que ainda lhes restavam para tentar cobrir com eles os sapatos. Ela viu muitas pessoas às margens da estrada, algumas já mortas, outras que haviam sido deixadas para trás para morrer. Ela conservava na memória com toda a nitidez aquela primeira noite, quando, no escuro, viu um trenó na frente de uma casa de fazenda e correu para pegá-lo, porque sua mãe mal tinha forças para continuar a marcha. Jenny conversou com outra jovem, cuja mãe também estava muito fraca e, juntas, as duas filhas puseram suas mães no trenó. O pai da jovem já havia morrido e depois da guerra a mãe dela se casou de novo; o marido era primo em primeiro grau de minha avó.

Minha tia continuou a me contar como viajaram em vagões de trem; contou que ficaram sem comida e sem água e que as paredes do vagão se congelaram por causa do frio intenso. Quando chegaram em Ravensbrück, dormiram na neve. De lá, com outros prisioneiros, foram levadas para Neustadt Gleve, em Mecklenburg. No dia primeiro de maio de 1945, os americanos e os russos chegaram e todos foram libertados.

Eu não quis pressionar minha tia para buscar mais na memória. E agora eu a trago junto com minha avó para perto de minha mãe, de volta ao tempo em que elas finalmente se reencontraram, na cidade polonesa de Katowice; para perto de meu tio Jack, depois que ele foi libertado e tomou o caminho dessa mesma cidade e reencontrou o irmão. Dizem que no dia em que ele chegou, quando veio até o prédio onde minha mãe e meu pai moravam, Jenny estava sentada na escada, lustrando um par de sapatos. Jack caminhou até ela e perguntou se era lá que morava seu irmão, Barek Eisenstein. Foi assim que aconteceram dois casamentos.

Meus pais foram os primeiros a se casarem, no dia 24 de junho de 1945, em seu pequeno apartamento em Katowice. Depois, em agosto, eles deixaram Jack, Jenny e minha avó, e foram atrás de informações sobre o paradeiro do pai de minha mãe. Foi finalmente na Alemanha, no campo de refugiados de Bergen-Belsen, que meus pais ficaram sabendo

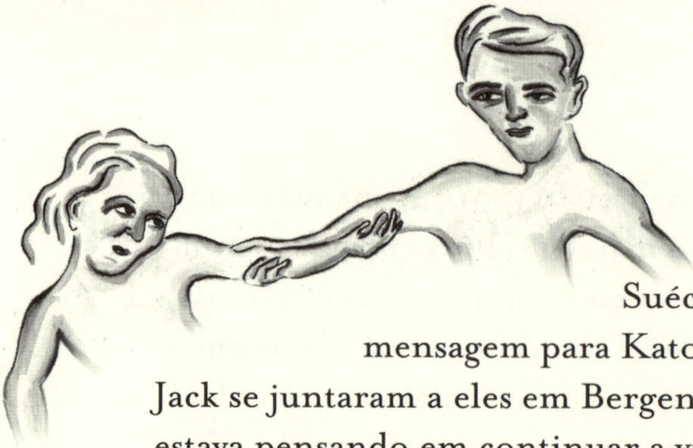

que Moishe estava em tratamento médico na Suécia. Enviaram, então, uma mensagem para Katowice, e Machele, Jenny e Jack se juntaram a eles em Bergen-Belsen. Nenhum deles estava pensando em continuar a viver na Polônia. Mesmo com o final da guerra, o país continuava um lugar perigoso para os judeus. Não demorou muito e minha avó conseguiu para ela e para a filha uma passagem para a Suécia. Alguns meses mais tarde, Jack também foi para lá e se casou com Jenny. Tanto meus tios como meus avós viveram na Suécia por alguns anos.

Essa foi a última vez que as famílias ficariam separadas. Meus pais partiram para o Canadá em 1948, depois de terem vivido por três anos em Bergen-Belsen. Dois anos mais tarde, meus avós chegaram em Toronto e, logo depois, chegaram meus tios com o filho, Michael.

A primeira memória vívida que tenho de minha tia vem de quando eu tinha quatro anos e estava escondida atrás das pesadas cortinas de seu quarto. Eu tinha acabado de tirar um frasco de cor âmbar do criado-mudo ao lado de sua cama; depois de espremer algumas gotas de uma deliciosa vitamina sabor laranja na boca, espiei por uma fresta da cortina e vi minha tia amamentando Larry, seu filho recém-nascido. Seus cabelos preto-azeviche cobriam seus ombros e sua pele rosada se estendia até a boca do bebê.

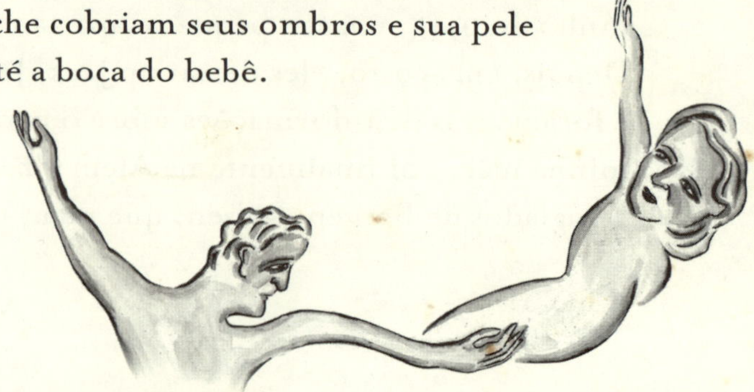

Continuei no esconderijo e não disse à minha tia o quanto eu a achava bonita; também nunca deixei meu tio saber que jamais esqueci a maneira como ele me cumprimentava quando eu ainda era pequena: acariciando-me, batendo de leve na minha cabeça e me chamando afetuosamente de "Topsy". Pelo que sei, *A Cabana do Pai Tomás* nunca foi traduzida em ídiche, mas talvez ele tenha ouvido falar do livro e tenha resolvido fazer de mim uma personagem de *A Shtetl do Tio Jack*.

Com o passar dos anos, eu entrava e saía da casa de meus tios e brincava sempre com Michael. Ele foi o primeiro garoto com quem saí de mãos dadas e em quem dei o primeiro beijo. Quando eu tinha três anos e Michael quatro, perguntamos à minha tia se podíamos nos casar quando crescêssemos. *Oy, a shkandal!*, disse ela e resolveu nos contar a versão ídiche da história dos pássaros e das abelhas. Quando os reis se casavam com as primas e as tornavam rainhas, seus filhos eram *kuckamaimie,* malucos, seus cérebros iguais a *kasheh,* papa, e é por isso que havia tanta *tsuris,* desgraça, com as famílias reais da Europa. Ela terminou assim: chega de *kopdrayenish,* chega de falar bobagens que só servem para encher a cabeça. Michael e eu rimos de sua explicação. Mesmo naquela idade, sabíamos que éramos já um *mish-mosh* — nossas tias e tios eram irmãos e irmãs — e agora um *deles* estava *nos* dando explicações? Michael e eu paramos com os beijos, mas continuamos a andar de mãos dadas.

Meus tios tinham uma loja de roupas chamada Sara-Lee Fashions. Todo santo dia eles abriam uma porta sob o nome que uniu com um hífen o passado deles: Sara, pela mãe de Jack, já falecida, e Lee, por Lemel, o irmão que Jenny havia perdido.

Ídiche, Teatro, Palestras, Concertos / Domingo à Noite: estréia de Jenny Eisenstein

MINHA TIA CANTOU PELA PRIMEIRA VEZ EM TORONTO EM UMA SALA NÃO MUITO DISTANTE DE NOSSA CASA NA SPADINA AVENUE. OS PRÉDIOS TAMBÉM, SILENCIOSAMENTE, PRESERVAM SUA HISTÓRIA — THE STANDARD VIROU THE STRAND, POSTERIORMENTE THE VICTORY E, MAIS TARDE, THE GOLDEN HARVEST. AS GRANDES TENDAS PARA SHOWS NÃO EXISTEM MAIS E HOJE HÁ UM BANCO NA ESQUINA DE UMA RUA MOVIMENTADA; O PASSADO DEU UM SALTO E FOI-SE EMBORA.

Aos treze anos comecei a estudar pintura a óleo e durante algum tempo reproduzi os trabalhos dos Grandes Mestres. Uma vez pintei uma cena de uma conhecida rua de Paris, com uma fila de lojas, e escrevi o nome da loja de meus tios na frente de uma delas. Quando lhes dei o quadro de presente, eles o penduraram com muito orgulho em uma parede da sua casa, felizes por terem alguma coisa que eu havia feito especialmente para eles. Eu sabia que eles ficariam felizes, principalmente minha tia. Sempre notei que música, livros e artes são fundamentais em sua vida; são o sustento de seu espírito, e isso é algo que temos em comum.

Com o passar dos anos, só me hospedei na casa de meus tios duas vezes, por razões diferentes, mas ambas as ocasiões terminaram de forma inesperada. Um dia, quando eu tinha seis anos, meus pais me acordaram bem cedo, dizendo-me que o tio Jack viria me apanhar e que eu iria ficar na casa deles até o final da semana. Meus pais estavam indo para Detroit de carro para o casamento de um amigo e minha irmã e meu irmão iriam com eles. Nunca entendi por que não me levaram também e jamais recebi qualquer explicação; e mesmo se tentaram explicar, tenho certeza de que minha choradeira abafou o que eles disseram.

Meu tio percebeu que eu estava muito triste, e ele e minha tia fizeram de tudo para me agradar, mas eu me recusei a jantar naquela noite e tentei convencê-los a me levar de volta para casa. Afinal de contas, tínhamos uma inquilina, uma moça que poderia cuidar de mim até que meus pais voltassem. Eles então me explicaram que eram responsáveis por mim e que eu ficaria com eles só por alguns dias.

Na manhã seguinte, depois de recusar outra refeição, fui com Michael até o parque das proximidades e me lembro de ter ficado mal-humorada e deprimida enquanto subíamos e descíamos no escorregador. Logo apareceu outro garoto e ficamos os três brincando. Sempre que era a minha vez, o tal garoto corria e ia na minha frente. Michael pediu-lhe que parasse, mas ele se recusou. Então, os dois começaram a brigar, rolando na areia. Michael foi meu primeiro amor.

No caminho de volta para casa, ele tentou me convencer que estava tudo bem, mas sua camisa estava rasgada e o rosto machucado estava inchando e ficando vermelho. Antes de entrarmos, ele me fez prometer que eu não contaria aos seus pais que ele havia se envolvido em uma briga.

Não me lembro de ter ouvido meus tios dizerem qualquer coisa a respeito da aparência de Michael e também não sei como eles devem ter interpretado a evidência estampada no rosto dele. Tudo o que sei é que pouco tempo depois, eles finalmente se compadeceram de mim. Ao cair da noite, tio Jack me levou de volta para a casa de meus pais e me deixou sob os cuidados da inquilina. Eu havia voltado para casa.

Eu nunca havia pensado mais seriamente em como minha tia e meu tio eram como pais e educadores, e nem se eles brigavam da mesma maneira como meus pais brigavam. Eu não sabia se eles perdiam a paciência rapidinho ou se tinham mais paciência com os próprios filhos do que meus pais pareciam ter com os seus.

Quando eu tinha quinze anos, meus pais me deram permissão para ir à pitoresca região de Muskoka, ao norte da cidade, onde meus tios, junto com meus avós, haviam alugado um chalé para passarem parte do verão. A área, cheia espaços arborizados, lagos e praias de areias douradas, tem muitas casas de veraneio. Michael e eu ficávamos o tempo todo na praia. Só víamos nossos avós de longe, quando passeavam pela região; meus tios permaneciam perto do chalé com Larry, o filho mais novo. À noite, Michael e eu jogávamos cartas — copas, buraco, cunca ou pôquer — e bem mais tarde líamos os livros que havíamos levado. O verão no campo havia determinado um ritmo tranqüilo. Estava tudo indo muito bem até que, num dado momento, Michael e eu fizemos novas amizades.

Havíamos encontrado três outros adolescentes, cujas famílias tinham uma casa de campo nas proximidades e começamos a ir à praia com eles. Quando Michael e eu comentamos sobre nossos novos amigos, a tranqüilidade do verão chegou ao fim e de repente todos ficaram contrariados. Nossos novos amigos não eram judeus e o que parecia não significar nada para nós significava tudo para meus avós e meus tios. Fomos proibidos de vê-los novamente. Foi a primeira vez que vi Michael levantar a voz aos seus pais e esse incidente foi o começo de uma série de conflitos que levaria anos para terminar.

No dia seguinte, minha tia ficou na cama; estava pálida e sentindo-se muito mal. Michael e eu falamos com ela, sem entender que mal lhe havíamos causado. Ela falou a respeito de Auschwitz, e dos massacres e de Hitler, tudo ao mesmo tempo; depois me disse que havia pedido ao meu pai que viesse me buscar.

Naquele momento senti um misto de emoções, infeliz por estar no meio de uma grande confusão que nem Michael nem eu havíamos previsto, e muito zangada por causa da reação de meus tios. Lembro-me de querer, de alguma forma, tranqüilizar minha tia quanto aos temores que ela destilava; entretanto, não havia nada a fazer ou dizer. Não achei que lhe devia um pedido de desculpas. Michael e eu havíamos aberto uma caixa de Pandora e fomos massacrados pela força do que de lá escapou. E voltou à minha memória uma advertência anterior — minha tia falando conosco uma vez, quando éramos crianças, de maneira bem serena —, mas dessa vez foi tudo bem diferente. Depois da guerra, os judeus da Europa haviam se tornado um grupo genético em risco de extinção e, tragicamente, minha tia sabia muito bem a respeito da proteção necessária para assegurar sua renovação.

Visitei meu tio pouco antes de ele morrer. Jogamos algumas partidas de baralho, enquanto minha tia limpava o quarto, sempre incansável e determinada em sua disposição de cuidar do marido. Um dia, quando ela deixou o quarto para buscar uma refeição para ele, meu tio me disse que estava completamente sem apetite, mas que comia apenas para dar à sua esposa a chance de descansar um pouco.

Por circunstâncias da vida, por causa de uma perda, por causa do tempo, somos cruelmente arrancados da segurança de nossos lares; agora, meu pai e meu tio já se foram, deixando duas irmãs apenas com o consolo da companhia uma da outra.

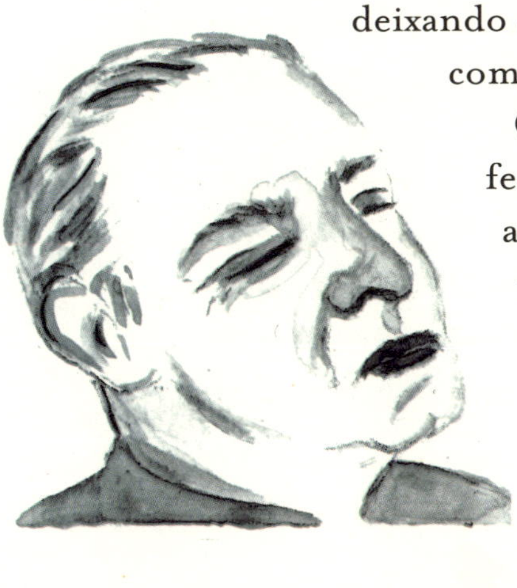

Quando, recentemente, minha mãe fez oitenta anos, convidamos alguns amigos e membros da família para uma reunião. Ela ganhou buquês de flores, cartões e um certificado emoldurado da Women of the Zaglembier Society, em reconhecimento ao trabalho beneficente que ela vem fazendo. Ela sentou-se em uma cadeira e ouviu uma serenata em ídiche, feita por algumas amigas. Mais tarde, depois de vários discursos, quis dizer algumas palavras. Levantou-se, olhou para as pessoas que estavam ao seu redor e agradeceu a todos por terem vindo. Embora já tivéssemos muitas vezes notado com que facilidade minha mãe expressa sua gratidão e afeto, não estávamos preparados para ouvir o que ela disse. Ela disse que metade de sua vida havia sido destruída, que havia perdido o marido e que o que ela queria agora era continuar a ser forte para a sua família. Ela falou com o coração, do mais fundo de seus sentimentos; foi comovente na brevidade de suas palavras. E então chegou a vez de minha tia falar.

UM POEMA PARA MINHA IRMÃ
Você é como um riacho
fluindo com água fresca
antes que a tristeza
atinja nossos corações.
Meu amor por você cresce
na proporção em que
cresce o seu amor por mim.

A Cristaleira

Meu pais chegaram ao Canadá com poucos bens. Trouxeram um elefante grande de porcelana, com uma orelha lascada e que, mais tarde, foi reconstituída de uma forma muito grosseira. Uma bonita estatueta de uma mulher nua com um braço delicadamente estendido, segurando um globo; na outra mão faltavam-lhe alguns dedos. Várias xícaras e pires com a borda dourada, pintadas com imagens de reis e rainhas; o corpo de um dragão pintado ao redor de um bule de chá completava o conjunto, com o pescoço e a cabeça formando o bico e, em vez de fogo, era chá que saía da boca do dragão. Esses objetos, que eles haviam trazido da Europa, foram guardados na cristaleira de vidro que fazia parte da nova mobília da sala de jantar.

Lembro-me de um lustre, feito com pedaços de vidro facetado, pairando sobre a mesa de jantar, irradiando um calor intenso. Felizmente, havia uma corrente que pendia do centro e podia ser puxada para ajustar o nível de vatagem produzido. Muitas vezes essa era a fagulha que gerava as conversas: diminua a luz; está muito forte, puxe a corrente. Não, agora está muito escuro, não consigo ver o que estou comendo. Mas não importava se a luz estivesse forte ou fraca. Era lá que fazíamos nossas refeições durante os feriados mais importantes ou celebrávamos um aniversário e também os seders de Pessach, depois que minha avó já não tinha forças para pilotar um fogão, preparando os muitos pratos que costumava servir nessas ocasiões.

Não importava qual a ocasião especial, minha mãe tirava toda a vantagem que podia de seu amplo repertório culinário. Ela fazia *gefilte fish* doce, sem pimenta, rábano (bons para limpar o *sinus*) e gallah — uma mistura gelatinosa feita com pata cozida de novilha e mais alguma coisa do tipo Galantina de Nada. Sua aparência sem graça às vezes variava, com um ovo cozido ou pedaços de alho suspensos lá dentro. Quando todos estavam sentados à mesa, a porta entre a cozinha e a sala de jantar abria e fechava sem parar, minha mãe indo para lá e para cá, colocando os pratos na mesa já lotada. Na ânsia de agradar a todos, ela servia dois tipos de *lokshen kugel,* pudim de massa: um — doce — com uva-passa, outro — picante e salgado. Chegavam também batatas assadas, salpicadas com pedacinhos de gordura frita e crocante, *greben,* o enrijecedor de artérias por excelência. Nós adorávamos tudo aquilo! Depois, era a vez do desfile de bandejas de carne: peru, rosbife, frango — frito, assado, cozido. Água de grife ainda não havia sido inventada; então, para acompanhar tudo isso, bebíamos muita *suda wasser*, água com gás. Ela costumava surgir da traseira de um caminhão, que a entregava uma vez por semana em um engradado de madeira que era cuidadosamente colocado na nossa garagem. Havia um cilindro conectado ao gargalo de cada garrafa e, ao apertar a alavanca, o dióxido de carbono era liberado para dentro da água, tornando-a efervescente e dando aos convidados alívio intermitente. Meu pai, que adorava esses banquetes, bebia galões da água, *spritzing*, água gasosa em seu copo até ele transbordar e molhar a toalha. Depois que descobri mais sobre o Holocausto, a idéia de água gasosa me fez pensar nos judeus, de pé, na fila, esperando o banho de chuveiro. Só que agora não havia Zyklon B no cilindro. Era apenas e tão somente *suda wasser*.

Depois do prato principal, as travessas eram retiradas para abrir espaço para uma compota de ameixas e damascos cozidos em fogo lento e muitas outras delícias. Minha mãe trazia pratos de bolos e biscoitinhos, frutas e nozes; ela nunca conseguia se sentar e comer conosco, mesmo se lhe pedíssemos

que descansasse por um minuto e saboreasse o que ela havia preparado. Mamãe, você fez comida demais, dizíamos. E ela apenas sorria, olhando para todos nós ao redor da mesa, empanturrados com tanta comida, e com muito orgulho dizíamos: Obrigado.

Vejo meu pai sentado, como sempre, à cabeceira da mesa, a cristaleira de vidro atrás dele. Na Páscoa, ele costumava ler o Haggadah solenemente, e, de vez em quando, de modo bastante acelerado. Acontece que a primeira noite do Pessach pode coincidir com as finais dos campeonatos de hóquei e, durante esses seders, os egípcios se livravam facilmente da punição, pois meu pai passava correndo pelas Dez Pragas e mandava os judeus atravessarem rapidinho as águas que se haviam partido para chegarem à Terra Prometida; assim, ele podia subir logo para o quarto e assistir ao jogo.

Enquanto continuávamos a comer a sobremesa, podíamos ouvi-lo no quarto, gritando: *Er kricht vi a vantz*, Ele é lerdo como uma lesma, expressão dirigida a um jogador que havia perdido um lance. *Er macht a tel fun dem,* Ele está pondo tudo a perder, *er toyg ahf kapores,* ele é um zero à esquerda. E se o jogador não melhorasse, ele o insultava ainda mais. *Er zol vaksen vi a tsibeleh, mit dem kop in drerd,* Ele devia crescer como uma cebolinha, com a cabeça enfiada da terra. Ouvindo isso, minha mãe diz aos que estão sentados à mesa: *Er zitst oyf shpilkes,* Ele está muito ansioso.

Lembro-me especialmente de uma noite de Pessach, diferente de qualquer outra. Depois do jantar, meu pai se levantou, foi até a cristaleira e abriu a porta. Várias peças de porcelana haviam sido recentemente acrescentadas àquelas que já estavam lá. Ele havia comprado um conjunto de macacos de cerâmica, estatuetas de Meissen, cada animal vestido em trajes renascentistas e segurando um instrumento musical. Com muito cuidado, ele retirou uma das peças e a levantou com orgulho — um macaco com um bastão na mão levantada, pronto para conduzir a sua banda. Naquela noite, meu pai estava mais animado do que nunca. Pediu-nos que observássemos a delicadeza das figuras e nos disse que sentia um enorme prazer quando as contemplava. Depois que devolveu o regente ao seu lugar, ele retirou a estatueta em porcelana de uma mulher; observando-a por um momento, voltou no tempo. Começou a falar de sua vida depois da guerra, depois da Libertação, quando ele e minha mãe viviam em Bergen-Belsen como refugiados.

A guerra termina, meus pais são libertados e com o passar dos anos tudo o que consigo imaginar é caos e doença e exaustão e a constante redescoberta de que tão poucos sobreviveram. Mas eu estava equivocada. Havia mais. A vida obriga a vida a continuar.

Meu pai fala sobre o bufê que ele administrou em Bergen-Belsen. Ele disse que sabia que se pudesse comprar cigarros ou pacotes de café no mercado negro a um preço baixo e revendê-los para obter algum lucro, ele poderia conseguir alguns dólares a mais para comprar refugos de ouro; levava-os para um joalheiro de confiança, um

EM 15 DE ABRIL DE 1946, UM ANO APÓS A LIBERTAÇÃO DE BERGEN-BELSEN, MEU PAI FEZ A MARCHA JUNTO COM OUTROS ATÉ AS COVAS COLETIVAS.

alquimista, que os transformava na moeda corrente que o ajudaria a sair da Europa. Ele nos conta que com freqüência deixava o campo e viajava para Hanover; lá tomava um trem que levava quatro horas para chegar a Colônia, voltando no dia seguinte para sua esposa, que, naquela época, estava grávida de minha irmã, Sharon. Um dia, em Colônia, ele foi detido pela polícia por estar operando no mercado negro e foi levado ao quartel-general, onde sua sacola de negócios ilícitos foi confiscada. Apresentou seus documentos e disse a eles que estava morando em Bergen-Belsen e que sua esposa estava esperando um filho. Prometeu que se o liberassem, voltaria na data marcada para a audiência; os policiais confiaram em sua palavra e o liberaram.

Duas semanas mais tarde, ele voltou a Colônia e foi ao prédio do tribunal. Ficou de pé do lado de fora da sala de audiência com outros que, como ele, haviam sido flagrados negociando no mercado negro. Enquanto esperava, apareceu um homem usando uma toga de juiz e ele e meu pai se reconheceram imediatamente. Meu pai explica que esse homem havia sido enviado a Auschwitz no início da guerra por causa de suas idéias políticas e que eles haviam se encontrado quando meu pai chegou lá em 1944. Eles se abraçaram. Barek, o que você está fazendo aqui?

Depois que meu pai contou por que estava lá naquele dia, o juiz determinou que a polícia não poderia mais prender judeus operando no mercado negro e que nunca mais queria ver um sobrevivente diante dele na sala de audiência. Aqui meu pai faz uma breve pausa. Seus olhos azul-acinzentados se iluminam intensamente com a lembrança do passado. Depois, continua ele, eles se despediram com um aperto de mãos, desejando boa sorte um ao outro. Terminada sua história, ele colocou a estatueta de volta na prateleira, fechou a cristaleira e sentou-se, feliz e descontraído.

Lembro-me de meu pai como alguém que tinha dificuldade de se expressar com palavras, mas naquela noite ele contou novamente sua história com muita naturalidade e entusiasmo. Eu havia prestado atenção em seu semblante, conforme ele falava e vi o interior de seus olhos, quando ele retornou a um lugar que havia se transformado e a um tempo em que ele e minha mãe e aqueles que lá estavam começaram a viver. Ele havia me dado uma bússola que podia me indicar o caminho onde ele queria que suas próprias memórias começassem.

O Grupo

Que há em um nome? Aquilo que chamamos rosa é Rooshka, Chana, Hanka, Dorka, Monka, Monia, Mania, Tonia, Anja, Jadzia, Chemya, Heniek, Srulek, Bolek, Barek, Rishu, Reginchka, Lalushka, Doovidle, Bella, Hela, Yisrool.... Quando eu era criança, algumas vezes entoava esses nomes sem parar. Os sons rodopiavam em meus ouvidos e continuam lá até hoje.

Os amigos de meus pais, o Grupo, estavam sempre juntos: jogando cacheta e pôquer nas noites de sábado, fazendo piqueniques nos parques nos finais de semana durante o verão, indo a bar mitzvahs, a casamentos, a um *bris,* a um almoço, a chás, ou a eventos beneficentes;

eles compartilhavam casas de verão, férias — é infinda a lista do que faziam juntos. Todos eles haviam se conhecido na Europa. A maioria vinha da cidade natal de meus pais ou da região vizinha, mas todos estavam unidos ao mesmo passado, compartilhando a mesma história, uma cadeia ininterrupta de sobreviventes. Sempre que o Grupo se reunia para um evento ou celebração social, pairava no ar a sensação de que estavam fazendo uma reunião. Eles se apoiavam um no outro, revelando um vínculo que seria difícil de reproduzir — era a impressão que às vezes dava — até mesmo com os próprios filhos.

Tenho uma vívida lembrança dos muitos bar mitzavhs de minha infância. O evento era sempre gravado em filme e, quando visto mais tarde, desenrolava-se como no cinema mudo, com os movimentos de cada um se acelerando devagar, aos solavancos e de forma um pouco precária.

Há um grupo de recepção em fila, com os orgulhosos pais e seu garoto com cara de "hoje me tornei um homem" de pé ao lado deles, cumprimentando, sendo abraçado e beijado pelos convidados. Chegam família e amigos — usando túnicas bordadas com lantejoulas, ostentando jóias e outros adereços. As mesas estão reservadas com cartões e cabe aos convidados

descobrir onde e com quem se sentarão. Há sempre alguém agitado, contrariado por ter que jantar na mesma mesa de alguém com quem vem se recusando a falar na última década, porque... bem, ele não se recorda, mas ainda assim a lembrança do insulto permanece. *Oy gevalt*, mas é um *simcha*, e a parte ofendida toma seu lugar na mesa. Veja — são o Norman e a Rose. Eles vieram de Detroit, *Michigass* — Michigan. Ele está abraçado com a esposa e ambos estão sorrindo. Recém-chegados da Flórida, estão bronzeados. Norman tinha esposa e uma filhinha antes da guerra, mas ambas morreram em um campo de concentração. Agora, ele se senta à mesa, tranqüilo, em seu *smoking*, um homem abastado e feliz, com sua esposa, seus dois filhos e os amigos. Rose passa a mão pelo cabelo cheio de laquê para se assegurar de que a arquitetura no topo continua a mesma, não sofreu nenhum abalo. Tranqüilizada pela certeza tátil de que o laquê desafia a gravidade, ela retira um batom de sua bolsinha de lantejoulas e dá um retoque nos lábios vermelhos para que a mostra de sua afeição deixe a marca. Rose é a amiga que salvou a vida de minha mãe com um pedaço de papel, quando elas estavam em Auschwitz. Foi ela quem deu o lenço de papel vermelho para minha mãe, doente na época, esfregar nas bochechas e parecer saudável e, assim, ser poupada.

Fabian e Nadja estão sentados perto deles. Nadja está usando um dos muitos trajes tricotados que ela mesma cria. Como Madame Defarge de *Um Conto de Duas Cidades*, ela está sempre tricotando e debruando, criando modelos para si mesma e suas filhas, inspirando-se em Coco Chanel. Nadja cuida também das roupas do marido, e agora ajeita sua gravata-borboleta, tira pêlos invisíveis de seu paletó, alisa seus cabelos grisalhos. Magra como um palito, ela é alta e elegante. Fabian é baixinho e atarracado e seus ternos parecem sempre ser um número maior, com o punho um pouco comprido demais, a barra das calças sempre muito perto do chão. Fabian passou a maior parte da guerra em esconderijos; quando eu era criança e fiquei sabendo disso por meu pai, sempre me perguntava se o fato de ter vivido tanto tempo no escuro não teria prejudicado seu crescimento. Depois da guerra, ele e Nadja viveram em Paris por alguns anos, antes de imigrarem para o Canadá. Suas filhas são magras como a mãe, ambas tímidas e pálidas. Fabian é o melhor amigo de meu pai e será o primeiro do Grupo a morrer. Ele sofrerá um ataque cardíaco e deixará Nadja sozinha cuidando do futuro das filhas até que o mal de Alzheimer alivie essa carga e a faça passar os dias sentada, esperando, agora sem poder tricotar. Minha mãe e minha tia irão visitá-la na casa de velhinhos e, quando Jenny canta para ela uma doce canção ídiche, Nadja acorda e canta junto as notas do passado de ambas: "*Azoyfil líder hob ikh gehert,/Nor ale hobn mir deresn./ Nor eyn lid iz mir geblibn,/Em ekh ken im nisht fargesn/Oy vey, kh'ken im nisht fargesn. ...* Já ouvi tantas canções,/Mas me cansei de todas elas./ Apenas uma guardei,/ E não posso esquecer,/ Não posso esquecer...."

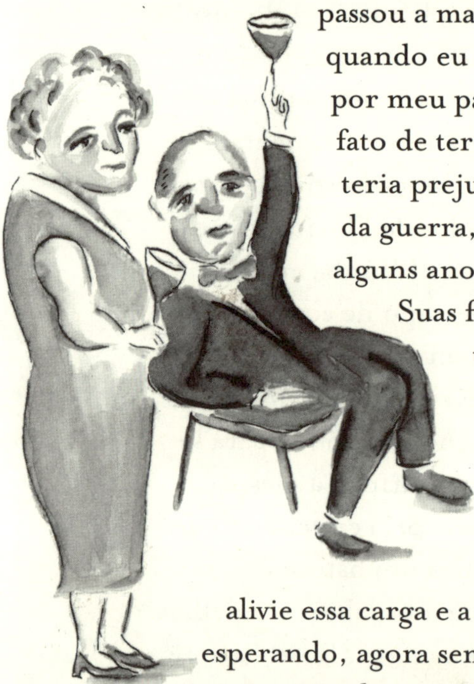

Nadja encosta-se de volta em sua poltrona e ri; depois se levanta, dá o braço ao marido e, juntos, eles abrem caminho em direção ao salão de dança. A orquestra está tocando um chá-chá-chá, seu estilo favorito, e eles então vão para lá e para cá, acompanhando perfeitamente o ritmo um do outro, e acenando com a cabeça para os outros casais, conforme passam dançando ao seu redor.

Agora Harry e Bella acabam de chegar à mesa para cumprimentar os amigos. Ele também é mais baixo do que sua esposa. As bochechas carnudas de Bella estão carregadas com blush, o que lhe garante uma aparência saudável, e os anéis que brilham em seus dedos serão retirados com dificuldade naquela noite. No fim, a artrite destruirá seu corpo e as bengalas para ajudá-la a caminhar e os esteróides para aliviar a dor acabarão por perder sua eficácia. Quando ela morrer, o Grupo nunca a apagará da memória.

Ela segura a mão do marido quando eles voltam para a mesa. Ele puxa a cadeira para ela se sentar e, com destreza, escorrega-a para dentro, depois que Bella se senta; em seguida, dá-lhe um beijo nas bochechas. Harry está ansioso para que a noite acabe e ele possa retornar ao livro que está lendo. Tem enorme prazer em continuar sua educação na privacidade. Quando vem à nossa casa, Harry sempre se mostra curioso acerca de qualquer livro que eu esteja lendo e suas perguntas, sempre em um tom de voz suave, me tiram de minha timidez.

Carola vira-se para conversar com Harry, ao seu lado. Vários anos mais jovem do que os outros membros do Grupo, ela está muito bonita em seu vestido de brocado, bem justo ao corpo. Graciosa e ágil, ela tem um andar leve e rápido. Quando foi levada de Miechow para Treblinka, Carola pulou do trem em movimento, separando-se não apenas de sua família mas também da família de meu pai e de todos os outros cujas vidas entraram na escuridão quando as portas foram lacradas.

O jantar é servido e é chegada a hora de um amigo dizer algumas palavras. David ergue seu corpo pesado da cadeira. Sua esposa, Helen, permanece sentada, mas levanta os olhos com orgulho, pois sabe que esse é o momento da noite que seu marido mais aprecia. É ele quem faz o brinde em todos os encontros, imaginando-se o pastor de seu rebanho, didático e protetor. David limpa a garganta, levanta o copo de vinho e olha por toda a mesa, ao redor da qual está sentada a família anfitriã. Suas palavras fluem facilmente e a emoção combina com o timbre profundo de sua voz: "*Meine freynde*, meus amigos, um brinde ao jovem do bar mitzvah, que todos conhecemos desde que nasceu. E outro brinde a seus pais, nossos queridos amigos. Que possamos continuar com boa saúde, *biz hundert um tsvantsik,* até chegarmos a cento e vinte anos, e ficar juntos como estamos aqui esta noite, celebrando *simchas.* Que nossos filhos, nossos *kinderlach,* não conheçam jamais as agruras que enfrentamos. Um brinde à vida deles e a todos que não estão aqui conosco agora; à vida, *l'chaim!*"

A orquestra conhece a deixa e nesse exato instante David volta a sentar-se. Tia Jenny, já no palco, canta bem alto uma animada versão da canção "À Vida", de *Um Violinista no Telhado*. Todos se juntam a ela, mas David

está quieto, arrebatado pela emoção; Helen o abraça. Com o passar dos anos, ele irá diminuir de tamanho e, conforme for envelhecendo, ficará confuso e terá dificuldade de encontrar palavras que exprimam seus sentimentos e seus votos de felicidades para os outros. Sempre desejando ficar juntos, as mortes de Helen e David irão se dar em curto espaço de tempo entre si e o *shivah* que acontece em sua pequena casa abrigará todas aquelas crianças que ele abençoou com o passar dos anos.

A mesa de sobremesa agora em exibição, um canto das sereias de doces, é prova de que a criação culinária não tem limites. Uma escultura de gelo em tamanho natural do brrr jovem do bar mitzvah derrete vagarosamente no centro da mesa. Uma melancia escavada e entalhada na forma do *Exodus,* o navio que trouxe refugiados para a terra do Leite e do Mel em 1947,[4] é recheada com novo fruto — bolinhas de melão. Um prato grande oferece uma montanha de sorvete de parve, sabor baunilha, feito de produtos de óleo (não) comestível, já que rosbife era o prato principal e não misturarás carne e leite em uma mesma refeição. E essa não é simplesmente uma montanha qualquer; é a montanha do Sinai, o topo coberto com um molde de chocolate de Moisés segurando a tábua dos Dez

Mandamentos. Bem próximo, está o Mar Vermelho moldado com gelatina bamboleante, com egípcios feitos de massa folhada flutuando lá dentro, sobremesas muito justas para todo o transtorno causado tanto tempo atrás. Há também os bolos decorados: um bolo-esponja, notável pela altura que podem alcançar as claras em neve; é a Torre de Babel, e ao redor de sua base estão doces em forma de profetas prevendo o dia do Juízo Final; um bolo de avelã no formato da Estrela de Davi é guarnecido com pequeninas bandeiras azuis e brancas de Israel. Espalhados pela mesa estão centenas de *petit fours* glaçados, decorados com o tema do Jardim do Éden, com pequenos animais, palmeiras, flores de todo tipo, a Árvore do Conhecimento, folhas de figo, cobras, maçãs, várias figuras de Adão e Eva em diferentes poses....

Tio Ella, o irmão de meu pai, levanta-se num salto e, indo em direção às oferendas decoradas, passa pelo jovem do bar mitzvah. Ambos são da mesma altura e tamanho. Ella puxa um envelope do bolso e dá o presente para o garoto, ao mesmo tempo beliscando-lhe a bochecha tão forte quanto possível, o tipo de beliscão que não só agarra a carne, mas também a retorce. "*Mazel tov*, muitas felicidades." A esposa e o filho de Ella morreram em Auschwitz; depois da guerra ele se mudou para a Palestina e lá se casou com Shifra. Juntos, vieram para o Canadá e criaram dois filhos e uma filha. Como o Noé da mesa de doces, seguindo a orientação de Deus, ele escolhe duas porções de cada tipo de sobremesa para trazer de volta à mesa e dividir com a esposa. Ele está radiante de alegria, pois adora participar desse tipo de celebração, rodeado pela família.

Os fotógrafos contratados fizeram um bom trabalho, arquivando a festa em filme. Parece que estilos de roupas e penteados jamais mudam. Cabelo varrido para o alto, ajeitado com laquê e brilho, todas as versões de um maremoto antes que ele atinja a praia. As túnicas continuam bordadas com lantejoulas e serão depois embaladas em plástico e penduradas em um armário de cedro, à espera de outra ocasião festiva.

Passei a entender melhor, de uma maneira mais sentida do que racional, o que meus pais e seus amigos significam uns para os outros e também a compreender por que sempre foi impossível para mim não me sentir como uma estranha. Se por cinco anos eles foram transportados como rebanhos — *arous* — *en masse* em vagões usados para carregar gado, separados de suas famílias, jogados em beliches de barracões sufocantes, obrigados a marchar de um campo a outro, tudo o que lhes restou como solução final foi a amizade. Cada um deles era a casa do outro, pois a casa de cada um havia sido confiscada e destruída.

Meus pais e seus amigos estão inextricavelmente unidos pelos eventos do passado que compartilharam e pelo futuro que vieram a construir. E enquanto eu compreendia desde pequena que não possuía o magnetismo pessoal que poderia atrair meus pais para mim, o apelo de sua história era irresistível. Acho que, de alguma forma, sempre consegui penetrar na presença da ausência. É algo que necessito fazer. Mas nunca encontrei para mim mesma a distância correta do tempo em que eles sofreram tantos danos.

Sem que minha família soubesse ou mesmo entendesse, seu passado moldou minha solidão e minha raiva e esculpiu o significado da perda e do amor. Herdei a insustentável leveza de ser filha de sobreviventes do Holocausto. Amaldiçoada e abençoada. Clara, escura, obscurecida.

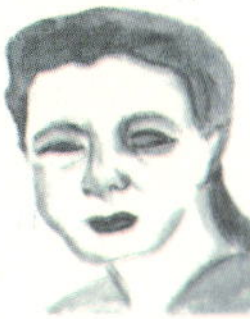

Ao ficar mais velha e deixar a casa de meus pais, assumindo minha própria vida, as ocasiões em que eu via seus amigos foram se tornando menos freqüentes, e recentemente têm se limitado aos feriados mais importantes. Alguns dias antes do Yom Kippur, há sempre um serviço Yizkor no espaço para funerais da Sociedade Zaglembier, ao norte da cidade. É lá que meu pai e meu tio estão enterrados. É lá também que há muitas lápides gravadas com os nomes de outros do Grupo que já morreram. O jardim de pedras deles está crescendo. Todo ano, durante o serviço religioso, fico lá de pé com minha mãe, meu irmão e minha irmã, ouvindo palavras solenes sobre a importância da recordação, sobre sentimentos a respeito dos quais ouvi toda a minha vida. Depois, abraço com carinho os amigos de meus pais, sentindo a falta dos que não estão mais presentes e junto-

SE EU SOUBESSE QUE HAVERIA TANTAS PESSOAS EM MEU FUNERAL, DEIXARIA PARA MORRER BEM FELIZ AMANHÃ, NÃO?
"May his memory be a blessing for life."
"... it is you that I seek", says my heart.
As it is written, of incantation and incandescence written, and newly written, wonder amidst letters
And may His Kingdom come in your lives and in your days and in the lives of all the house of Israel, swiftly and soon,
And Say All Amen!
vimru amen

me aos *kinderlach*, as crianças do Grupo, com quem eu brincava quando era pequena; filhos que, como eu, já são adultos há um bom tempo. Porém, essas ocasiões isoladas vêm se reduzindo para mim de alguma forma, e estão irregularmente costuradas na memória.

Tenho agora os álbuns de meus pais, cheios de fotos do Grupo, todos bem juntinhos, sentados ao redor de mesas ou dançando; todos com um sorriso estampado no rosto, sempre que se encontravam. Algumas fotos estão desbotadas; outras, mais recentes, mostram que o Grupo ficou visivelmente menor. Conforme envelhecem, o espaço entre eles vai-se alargando.

No final de junho, alguns anos atrás, meu marido e eu decidimos viajar de carro para Nova York, para lá passar uma semana e depois voltar pelas pitorescas Montanhas Berkshire, em Massachusetts. Pouco antes de partirmos, minha mãe me disse que sua grande amiga Bluma, que costumava passar o inverno na Flórida, tinha uma casa de campo nas Montanhas Catskill, em Monticello, Nova York. Ela sugeriu que na volta passássemos uma noite com Bluma e se prontificou a telefonar para ela.

Lembrei-me dos verões de minha juventude, quando o Grupo alugava vários chalés em Wasaga Beach, distante uma hora e meia de carro do norte de Toronto. Durante a semana, os homens ficavam para trás na cidade, cuidando dos negócios, e nos finais de semana eles se juntavam às suas famílias.

Nós, crianças, formávamos nossos próprios grupos e, de maneira geral, ninguém cuidava de nós. Ficávamos livres para brincar e nadar na praia até o pôr-do-sol, assando no calor até a pele formar bolhas. A água era famosa pelos

enormes bancos de areia e nossos pais, sem pensar nas águas profundas que se escondiam além, devem ter achado que estaríamos seguros se nadássemos fora da orla. Sorte deles que já tínhamos aprendido com seu exemplo e ficávamos todos juntos; quase nunca deixávamos a praia, ocupados que ficávamos construindo com a lama às vezes um castelo, às vezes um muro de lamentações.

Tempos depois, quando um comboio de carros semelhante a um comboio militar seguia em direção às colinas na América, um novo *shtetl* foi fundado nas

Montanhas Catskill. O povoado tinha pequenos chalés ao redor de uma piscina e um prédio comunitário, de estrutura retangular, onde experimentamos pela primeira vez o sabor do bingo e de cherry Coke. Depois de algumas semanas brincando na piscina e colhendo mirtilo para nossas mães fazerem torta, as famílias fechavam as malas e os carros voltavam à estrada, todos em linha reta, o nosso à frente; meu pai era o condutor-mor.

Meus pais e seus amigos voltariam a essas colinas muitas vezes, deixando os filhos já adolescentes em casa, cuidando dos negócios e com dinheiro suficiente para pagar comida chinesa no jantar. Mas agora, em vez de ficar em cabanas modestamente decoradas, eles reservavam quartos no Grossinger's ou no Brown's, ambos estâncias conhecidas, onde outros Esverdeados também passavam suas férias. Agora eles podiam encontrar outros grupos. Seu horizonte havia se expandido.

Havia chegado a minha chance de fazer o mesmo; então, pedi a minha mãe que ligasse para Bluma.

No final de uma estrada muito longa, depois de seguir com alguma dificuldade as orientações cifradas de minha mãe e tendo que fazer retorno várias vezes, chegamos. Embora eu nunca tivesse estado lá, a colônia parecia familiar, com seus minúsculos chalés, apertados um ao lado do outro em forma de U e com uma piscina no meio. Era o plano de aposentadoria ideal: verão em um condomínio na Flórida e retorno a um chalé no Cinturão Borsht, e em ambos os lugares poder desfrutar da companhia de amigos.

Bluma tinha a aparência facilmente identificável de membro do Grupo: cabelo cor de palha preso no alto e endurecido com laquê, exatamente como ressurgiria na manhã seguinte — um verdadeiro milagre. E, claro, o braço esquerdo era tatuado. Ela andava com um ar determinado, seu corpo robusto movendo-se com firmeza para a frente. A voz baixa e melancólica complementava seu jeito de andar. Era como se som e movimento transmitissem a história de sua vida. Ela nos contou sobre seu marido e a guerra e, com freqüência, interrompia a si mesma com: "Dahlink, se eu começasse a chorar, eu não pararia nunca". Outros membros do Grupo já me haviam dito isso antes.

Bluma ficou muito feliz por lhe fazermos companhia. Seu marido havia morrido há pouco tempo e agora sua irmã, ausente do chalé contíguo, estava muito doente. Era apenas o começo da temporada de verão e outros, como ela própria, tinham acabado de chegar da Flórida. Estávamos com sorte: era sexta-feira e naquela noite haveria um bufê dançante no prédio comunitário, um evento que Bluma havia organizado. Naquela noite, encontraríamos o restante do conclave.

O salão estava decorado com bandeirolas e balões, e os

homens e as mulheres haviam retirado suas fantasias dos sacos plásticos para o evento. Ternos e lantejoulas entraram na sala e a orquestra de um homem só, um *tummler*, tocou canções do folclore ídiche e algumas melodias em seu acordeão. Lá estávamos nós, dançando quadrilha com um grupo da terceira idade.

Tirei fotos de pessoas que haviam conhecido meus pais, algumas de suas cidades natais na Polônia, outras que os haviam conhecido quando eles passavam o inverno na

Flórida. Todos mostraram o mesmo carinho que eu sempre recebia quando ficava entre os amigos deles. De repente, eu era uma *kindlach* novamente — embora estivesse envelhecendo — e senti um apelo ao mesmo tempo doce e amargo nesse *gedenk*, lembrar, cuja amplitude passei a compreender de forma diferente. Foi como se a palavra tivesse sido dita em silêncio por uma geração que logo desaparecerá — *Lembre-se de nós.*

De volta a Toronto, liguei para minha mãe para lhe dizer o quanto eu havia gostado da visita que fiz aos seus amigos, pessoas às quais ela havia se ligado nos últimos anos, quando passava, sozinha, o inverno na Flórida, depois da morte de meu pai. Mas, de repente, o tom de nossa conversa mudou. Ela me perguntou quando eu iria visitá-la, já que fazia algum tempo que não nos víamos. Eu lhe disse que não tinha muita certeza, mas ela foi muito franca ao expressar seu desapontamento — eu gostaria que você tivesse mais tempo e viesse me visitar com mais freqüência. Subitamente, eu me vi envolvida no círculo do inferno que envolve mães e filhas.

Minha mãe vive sem meu pai há quatorze anos e seu mundo está se tornando cada vez menor. Após a morte de meu pai, prometi a mim mesma que não encerraria nunca uma conversa com ela pelo telefone, deixando-a triste e sozinha. Desde criança, aprendi a guardar minhas mágoas e frustrações para mim, a não dividi-las com meus pais; eles pareciam mais procurar um ao outro e aos amigos. Ainda assim, quando minha mãe diz coisas desse tipo, sinto uma emoção muito forte e espontânea. O que eu acho? Sempre senti que ela e meu pai nunca tiveram tempo para mim. *Oy-oy*, sinto-me como um ioiô judaico. Agora tenho cerca de oito anos, depois dez, doze, dezesseis, minha vida passando em *flashes* diante de meus olhos. Não importa a idade que eu tenha, sempre que procuro meus pais, eles estão em algum lugar, longe de mim, com seu grupo de amigos.

A conversa pelo telefone terminou como sempre termina: minha mãe e eu procurando palavras para transpor os momentos de embate potencial. Sempre desejamos uma à outra um bom dia e prometemos voltar a conversar amanhã. Dessa vez, como se para trazer consolo por algo que não foi dito, e demonstrando compreensão do que ela sempre soube a meu respeito, ela diz: "Que você tenha paz no coração".

Nunca descobri o ponto de fuga do Holocausto; nunca tive muita certeza de onde me situar em seu horizonte. Não quis viajar com minha mãe e meu irmão para Auschwitz, mas, em 2003, quando o Museu do Holocausto em Washington, D.C., convidou sobreviventes e filhos de sobreviventes para comemorarem seu décimo aniversário, eu tive certeza de que iria. Minha mãe também queria ir, mas, por alguma razão de que não me recordo, ela não pôde fazê-lo. Embora a possibilidade de viajar com ela me agradasse, eu temia que em sua companhia tudo seria diferente. Eu teria assimilado a experiência dessa reunião por meio de seus olhos e não dos meus, e possivelmente encontraria mais tarde dificuldade de separar meus sentimentos dos dela. Talvez fosse o momento de eu ficar diante daquele caminhão, totalmente desprotegida, e encontrar meu ponto de equilibro sem qualquer contrapeso. Porém, como eu viria a descobrir, eu não estava preparada para a enormidade do que veria.

O museu havia levantado uma grande tenda ao ar livre, onde, durante todo o dia, serviram comida para sete mil pessoas. Havia centenas de mesas e sobre cada uma delas havia um cartão impresso com um nome — Majdanek, Buchenwald, Dachau, Bergen-Belsen, Auschwitz, Bedzin, Lodz. Nomes de cidades e campos de concentração da Polônia e da Alemanha, dispostos de tal forma que aqueles que haviam vindo de tais localidades pudessem pegar um pedaço de bolo e um café ou encher seus pratos de papel com porções de frios e salada e sentar-se para comer com pessoas com as quais não se encontravam há décadas, ou mesmo que não haviam conhecido. A cena parecia surreal. Fui à mesa "Bergen-Belsen", apresentei-me e perguntei ao grupo que estava sentado lá se haviam conhecido meus pais.

Uma mulher de aparência frágil levanta-se e me diz que seu nome é Bronka Burnbaum. Você conheceu meu pai? Você conheceu Ben Eisenstein? Ela olha para mim e noto que está surpresa.

"Seu pai foi gerente de um bufê em Bergen-Belsen depois da guerra. Eu o conheci bem. Meu marido era amigo dele. Ainda me lembro bem de suas feições."

Também me lembro bem das feições dela e me lembro que quando ela deixou que eu a abraçasse, senti como se tivesse entrado em um lugar onde o tempo havia começado a medir a intensidade da perda, e meu pai começado a caminhar para a frente.

Mais tarde, encontro outra mulher e começamos a conversar. Ela me faz algumas perguntas sobre meus pais e quer saber de onde venho. Digo-lhe que minha mãe está bem, mora em Toronto e gostaria muito de ter vindo. Ela me conta a respeito da família que perdeu e de seu confinamento em Auschwitz. Quando nos despedimos, ela me diz: "Diga um olá de Auschwitz à sua mãe". Mensagem confiada a mim, de uma mulher para outra — mulheres que nunca se encontrarão.

DESEJANDO A TODOS UM ANO-NOVO FELIZ E COM SAÚDE, DE BERGEN-BELSEN, 1947.

Passei o resto da tarde no museu, cujos guias, com muita eficiência, conduzem os visitantes pela história do Holocausto. Informação disponível é o que não falta: datas, população de judeus europeus nas cidades antes da guerra e depois da guerra, números, números enfadonhos. Cobrindo as paredes de um corredor de três andares, encontra-se um sem-número de imagens de pessoas — o derradeiro Grupo — que haviam vivido em Eishishok, uma pequena cidade da Lituânia. As fotos são dos remanescentes de uma comunidade judaica de novecentos anos, aniquilada em dois dias, em 1941. Esse não é um lugar de esperança do qual é impossível sair.

Conforme eu caminhava pelos diferentes salões que exibiam história cuidadosamente documentada, senti-me rodeada por um mundo do qual a ordem não fazia parte. Todo o passado de meus pais estava ao meu redor.

Sempre senti que se pudesse encontrar a mágoa mais profunda de meus pais, eu poderia localizar também a minha própria dor por eles. Mas como poderia eu imaginar que tudo o que o Holocausto havia anulado em suas vidas pudesse ser substituído, como se minha necessidade de entender pudesse compensar tanta dor? Jamais conseguirei saber verdadeiramente o quanto meus pais sofreram. Está além de meu alcance, e talvez tenha ficado até mesmo além do alcance deles entender a dimensão total de suas perdas.

Há mais um salão para entrar, o Salão da Recordação. É um local para contemplação silenciosa, onde se pode acender uma vela. Em suas paredes de concreto estão gravados os nomes de campos de concentração e há uma inscrição — palavras que têm atravessado os séculos.

Guarda-te pois a ti mesmo e a tua alma com grande cuidado. Não te esqueças das coisas que teus olhos viram, e elas não se apaguem de teu coração por todos os dias da vida. Tu as ensinarás a teus filhos e a teus netos.

— Deuterônimo 4:9

Recebendo um Nome

O dia do nascimento de uma criança guarda todo o potencial para a vida pela frente; o dia da morte é a completude daquilo que nos tornamos. Ambos os dias precisam de cuidados: primeiro para dar as boas-vindas e depois para, finalmente, receber o que ficou para trás.

Quando meu filho nasceu, alguns meses após a morte de meu pai, ele foi circuncidado em nossa casa no oitavo dia após seu nascimento e recebeu um nome. Nossa sala de estar era pequena e mal podia acomodar os amigos e a família, que se reuniram para dar a um garoto as boas-vindas à comunidade: uma geração ligando-se à próxima por meio da tradicional cerimônia do *bris.*

Meu filho foi levado até a sala, usando um pequeno *yarmulke* de crochê na cabeça cheia de penugem, coberta com a menor *tallis* que já vi e sugando uma mecha de algodão embebido em vinho, a gota anestésica original. Quando seu prepúcio foi cortado, ele gritou com todas as suas forças. Depois, seguindo a tradição, ele recebeu um nome, Ben, e em seguida, seu nome em hebraico, Dov.

Durante a cerimônia, à medida que um discurso vindo de um mundo espectral era proferido, os amigos se reuniram em volta de minha família para, bem juntos, celebrarmos o ingresso de uma criança na vida judaica. A presença deles me fez lembrar da última vez que havíamos nos reunido: no funeral de meu pai.

A memória não tem um centro, mas em cada lugar dela bate um coração.

Meu pai não estava se sentindo bem já fazia alguns meses. Foi ao hospital fazer alguns exames e o médico que o atendeu nos chamou de lado. Não estávamos preparados para ouvir o diagnóstico: meu pai tinha um câncer que já havia se espalhado pelo corpo todo como um incêndio numa floresta e teria muito pouco tempo de vida. Quão pouco sobrou para nós!

Duas semanas depois ele faleceu. Naquele período, houve momentos em que eu, grávida de cinco meses, vendo a vida de meu pai se esvaindo, não conseguia imaginar que teria logo uma nova vida colocada em meus braços. Minha mãe dormia toda noite no hospital, na cama vazia ao lado dele. Sharon e Michael compartilharam com ela as últimas longas e espasmódicas noites de meu pai. Minha família, querendo que eu descansasse, havia me convencido de que seria melhor eu ficar em casa. Nesses dias, as visitas incessantes de amigos e membros da família eram acompanhadas tanto de vigília constante como do sentimento de incredulidade: como era possível uma vida ser tirada de nós assim tão subitamente?

Havia um senhor idoso no mesmo andar do hospital, um compatriota da Europa, que morava perto da casa de meus pais e era deles conhecido. Todo dia ele aparecia no quarto, empurrando seu equipamento de infusão intravenosa. Chegava e, em voz baixa, pedia notícias de meu pai. Nas últimas horas de vida de meu pai, esse homem frágil e digno apareceu à porta. Você não pode entrar agora, Ben está morrendo. E ele foi embora.

Meu pai faleceu naquela manhã e, de alguma maneira, o dia continuou sem ele. O enterro foi na tarde seguinte; ele foi sepultado em um cemitério judaico na parte norte da cidade, onde também estão enterrados vários de seus amigos. Depois da cerimônia, voltamos para a casa de meus pais, agora a casa do *shivah* pelos próximos sete dias. A sala de estar e a de jantar ficaram lotadas com a família e com amigos que vieram dar os pêsames, expressões de tristeza no rosto combinadas com expressões de incredulidade diante do inesperado.

Sobre a mesa havia bagel, salmão, arenque, requeijão, frutas e uma variedade de bolos e biscoitos, lembrando a todos que, na presença da morte, a vida se mantém. A família enlutada sentou-se em cadeiras baixas e banquetas, ou no sofá sem as almofadas, indicando que a dor nos havia colocado em posição inferior. Durante o período do *shivah* a prece Kaddish era recitada duas vezes por dia, uma vez antes do pôr-do-sol, e outra após o amanhecer. Naqueles dias a casa ficava repleta de amigos de meus pais.

Lembro-me que na última noite, pouco depois do Kaddish ser recitado, eu havia entendido que a prece seria feita ainda uma vez na manhã seguinte e que o período inicial da perda, compartilhado pela nossa comunidade, chegaria ao fim. Eu estava sentada no sofá — sem almofada e sentindo-me desconfortável — entre meu irmão e minha irmã, minha mãe ao lado dela. Em um dado momento, levantamos os olhos e vimos o senhor do hospital de pé, diante de nós; senti a triste coincidência de vê-lo presente outra vez em um momento final. Esse homem, que eu, na verdade, jamais havia realmente conhecido, fazia parte de nossa casa nessa noite, às vésperas do *shivah* chegar ao fim. Ele havia vindo para prestar sua solidariedade. Estava bem vestido e tinha aparência saudável. Não me lembrava de tê-lo visto entrando ou saindo da sala; lembro-me apenas de que ele ficou lá pouco tempo. Esse homem, que mal conhecíamos, havia caminhado pela periferia de nossa dor e, ainda assim, sua presença havia sido notada, sua atitude solene reconhecida; lembrei-me das lendas judaicas do *Lamed-vav,* Os Homens Justos Desconhecidos. Em cada geração, trinta e seis homens eram escolhidos por Deus para carregar o sofrimento do mundo. Eram homens comuns, iguais a todos os outros, desconhecidos entre si.

Meu pai sabia que estava morrendo, embora os médicos nada lhe tivessem dito diretamente. Seus olhos falavam por ele. Uma vez, um amigo telefonou da Flórida, pois ficara sabendo de sua doença; quando minha mãe, falando com ele ao telefone lhe disse que meu pai estava sob tratamento, ele gritou: "Diga-lhe que estou morrendo".

No dia em que meus avós maternos vieram visitá-lo, não deram muita atenção nem a ele e nem à sua filha diante da perda iminente, como se tudo o que pudessem ver em meu pai agonizante fosse o que estava à sua própria espera. Quando o médico chegou para sua visita rotineira, Moishe e

Machele *krechtsed* e se queixaram de suas próprias dores; pedi, então, que fossem embora.

Minha tia Jenny vinha regularmente fazer uma visita, com aquele seu jeito determinado, cheia de esperança, um otimismo que se apagaria em cinco anos, os quais ela passaria cuidando incansavelmente do marido, inventando pratos que ele comeria sem apetite apenas para lhe agradar. Em suas visitas, ela tentava encorajar meu pai a fazer exercícios, a sentar-se na cama e inspirar bem fundo para receber mais oxigênio. Se ela tivesse um liquidificador à mão, com toda a certeza teria feito uma mistura de H_2O com brócolis e teria injetado no ponto da intravenosa de meu pai, na esperança de que o câncer que destruía o seu corpo fizesse uma pausa e comesse: *Ess, ess, mein kind.*

Todos os dias eu visitava meu pai; sentava-me ao seu lado ou ficava ao pé da cama quando ele recebia visita, ou caminhava de seu quarto até o elevador e voltava, contando quantos passos havia dado. Na sua última noite de vida, antes de voltar para casa, cheguei bem perto dele e me inclinei em sua direção. Minha mãe estava sentada em uma poltrona com os olhos fechados, mas eu sabia que ela estava acordada; ela não descansava havia quase duas semanas. Quando lhe dei um beijo de boa-noite, meu pai virou-se e olhou para mim. Em seus olhos, antes quase apagados, notei agora um brilho intenso. Após um breve momento, ele levantou a mão e a colocou suavemente em minha barriga, dizendo: "Você está carregando meu nome".

Na manhã seguinte, vimos meu pai submergir. Cada um por vez, Michael, Sharon e eu aproximamo-nos de seu ouvido e expressamos bem baixinho o quanto o amávamos. Minha tia, chorando, mostrou sua devoção cantando uma canção de despedida; foi só nesse momento que percebi a dimensão dos seus sentimentos. Meu tio ficou lá de pé horas e horas, aceitando silenciosamente a morte do irmão. Vejo-os como se estivessem entrelaçados — minha mãe, meu pai, minha tia e meu tio. Estava-se perdendo mais do que eu poderia saber. A dor de minha mãe jorrava, enquanto ela e sua irmã tocavam o rosto e os braços de meu pai, como se elas fossem a maré fluindo sobre ele. Quando o silêncio tomou conta do quarto, minha mãe e minha tia ajeitaram o cabelo dele, lavaram-no, preparando seu corpo de acordo com a tradição judaica — um gesto de carinho derradeiro, antes que seu corpo fosse tirado de nós.

No dia do bris de meu filho, minha mãe chegou em nossa casa bem cedo para ajudar meu marido, John, e eu a preparar a mesa antes da chegada dos convidados. Ela queria ter um tempo livre para ficar com a neta, Anna, segurar o neto no colo e ficar sozinha comigo e com tudo aquilo que o dia havia trazido para a família.

Ela sabia que eu estava muito nervosa com relação à circuncisão e naquele seu jeito displicente de tranqüilizar —"*Oy*, não se preocupe, será bem rápido! O bebê vai ficar *shikker*, bêbado com o vinho" — senti algum consolo, mas depois perguntei-lhe por que meus seios estavam cheios apenas de leite. Nós duas demos uma boa risada e depois ela sugeriu que eu descansasse um pouco, pois os convidados chegariam logo e provavelmente todos ao mesmo tempo — o que realmente aconteceu.

Quando a cerimônia começou, conforme o costume, minha filha e eu ficamos na sala, a distância, juntamente com as outras mulheres. Isso significou que, na verdade, não vi a circuncisão feita pelo *mohel.* Os homens se reuniram todos ao redor do bebê, em parte, acho, curiosos para ver o que não haviam visto por estarem bêbados, e para agora poderem testemunhar e honrar o primeiro evento que os ligava à sua herança, às suas origens em um mundo remoto.

Meu filho chorou um pouco e depois meu irmão tomou o sobrinho nos braços e o colocou nos braços do pai, enquanto ele recebia um nome.

Você cava e eu cavo,
e eu cavo na sua
direção e em nosso
dedo acorda o anel.
– PAUL CELAN

Agradecimentos e créditos

Uma última página para expressar minha gratidão àqueles que me deram apoio e estímulo para escrever este livro.

Há um provérbio ídiche: "A luz da vela é útil quando está à sua frente". A Ellen Seligman, da McClelland & Stewart, minha editora, cuja sensibilidade e paixão iluminaram o caminho. Não tenho como descrever a dedicação e cuidado que ela mostrou desde o manuscrito inicial até o trabalho completo. Seu toque pessoal revela-se em cada página. Este livro não seria o que se tornou sem a sua sabedoria e orientação, além de sua capacidade de compreender verdades escondidas.

Aos outros colaboradores da McClelland & Stewart, por terem feito de uma editora um lar. Meus agradecimentos a Doug Pepper, pela calorosa recepção que deu ao livro. A Marilyn Biderman, por ter colocado o livro nas mãos de editoras internacionais e por ter pessoalmente aprovado o livro. A Anita Chong, por sua simpatia, profissionalismo e assistência. E também a Krista Willis, Vicki Black, Bruce Walsh, Ruta Liormonas e Heather Sangster.

Ao meu agente, Dean Cooke — um *mensh* — e a Suzanne Brandreth, por seu constante apoio.

Agradeço a Michel Vrána, que plantou a semente do projeto, e a Tânia Craan, que o fez dar frutos.

À minha editora e aos editores fora do Canadá, incluindo Ursula Doyle, Picador, Reino Unido; Megan Lynch, Riverhead/Penguin Group, EUA; Robbert Ammerlaan, De Bezige Bij, Holanda; Francis Geffard, Albin Michel, França; Elizabeth Ruge, Berlin Verlag, Alemanha; Luigi Brioschi, Guanda, Itália; Mónica Carmona, Random House

Mondadori, Espanha; Bete Abreu, Editora Novo Conceito, Brasil — obrigada. Gostaria também de agradecer a Cindy Spiegel, anteriormente da Riverhead, por seu importante apoio inicial na aquisição do livro.

E, finalmente, à minha família. A meu pai, minha mãe, minha irmã, Sharon, e meu irmão, Michael. A Anna e Ben, e a John, o centro do meu coração.

Citações no desenho que se segue à dedicatória: Charlotte Salomon: de *To Paint Her Life: Charlotte Salomon in the Nazi Era*, de Mary Lowenthal Felstiner (HarperCollins, 1994); Bruno Schulz: de *Letters and Drawings of Bruno Schulz*, editado por Jerzy Ficowski (Harper and Row, 1988); Hannah Arendt: de uma carta escrita a Gershom Scholem, datada de 24 de julho de 1963, em *Scholem, Arendt, Klemperer: Intimate Chronicles in Turbulent*

Times, de Steven E. Aschheim (Indiana University Press, 2001); Elie Wiesel: de *All Rivers Run to the Sea*, de Elie Wiesel (Knopf, 1995); Primo Levi: de *The Voice of Memory: Interviews 1961-1987*, editado por Marco Belpoliti e Robert Gordon (The New Press, 2001).

A citação à página 65 "Os céus saberão e Deus se lembrará" é de *The Joys of Yiddish*, de Leo Rosten (Pocket Books, Simon and Schuster, 1968). Página 82: as palavras do painel com o desenho de Adolf Eichmann foram extraídas de uma afirmação que ele fez, conforme citado por Simon Wiesenthal no documentário *The Yellow Star: The Persecution of the Jews in Europe 1933-1945*, por Dieter Hildebrandt; citação de Hannah Arendt, de sua coletânea de palestras, publicada postumamente, *The Life of the Mind* (Harcourt Brace Jovanovich, 1978); citações de Primo Levi, de *The Voice of Memory*. À página 160: a letra da melodia é da tradicional canção folclórica romena "Basarabye". O cartão de Ano-novo de Bergen-Belsen, à página 177, foi desenhado a partir de *Holocaust and Rebirth*, editado por Sam E. Bloch (Bergen-Belsen Memorial Press, 1965).

Quanto à ortografia ídiche, utilizei ocasionalmente *A Dictionary of Yiddish Slang and Idioms*, de Fred Kogos (Castle Books, 1966), mas me baseei sobretudo nas transliterações de Leo Rosten em *The Joys of Yiddish*, uma vez que a ortografia utilizada por ele é aquela que meu coração e meus ouvidos guardaram de minha infância, quando comecei a ouvir a língua ídiche.

Nota da Tradutora

Traduzir é sempre um desafio, um salto no escuro: uma viagem ao mesmo tempo recompensadora e frustrante. Fica sempre no ar o desejo de ter feito melhor, de ter escolhido outra palavra (que, geralmente, surge tarde demais!), outra forma de dizer aquilo que foi dito. O tradutor se leva, ou se deixa levar, por "mares nunca dantes navegados", mas não pode ignorar a rota a que se propôs. O original, muitas vezes, cobra dele conhecimentos de toda ordem, muito jogo de cintura com as línguas envolvidas no processo, muita paciência para pesquisar e muita responsabilidade. Até que ponto aquele fragmento do discurso, tão importante na língua de partida, pode ser recuperado em sua plenitude na língua de chegada? Que implicações terá a sua supressão? Que leituras serão extraídas do texto? Questões eternas que não nos cabe responder aqui.

De qualquer forma, o resultado final será... o resultado final, inapelável. Aí está, então, o produto final do trabalho a que me propus.

Diante dos desafios encontrados, tive que tomar várias decisões que registro abaixo para, de alguma forma, esclarecer o leitor e clarear o caminho. Muitas dessas sugestões foram (felizmente!) tomadas com a autora, que me recebeu de braços abertos.

Assim, para melhor situar o leitor em seu percurso de leitura, registro abaixo alguns procedimentos por mim adotados:

1. Procurei manter, dentro do possível, o estilo da autora, cujo discurso caracteriza-se por um tom de oralidade

ora maior, ora menor. Procurei manter o colorido e as nuances estilísticas do discurso, separando, quando senti necessário, a voz autobiográfica da voz de outras "personagens" que povoam essas memórias.

2. Em se tratando de um livro de memórias, o uso de tempos verbais diferentes em um mesmo fragmento do discurso é freqüente; é a estratégia usada, conforme a autora recorre à memória mais remota ou mais recente, ou ambas combinadas. Tais escolhas foram mantidas sempre que possível.

3. A recorrência de termos em ídiche é marca registrada do texto. De maneira geral, quando a autora recorre ao ídiche, ela registra, imediatamente após o termo ou expressão, a correspondente tradução em inglês. Porém, por vezes, ela deixa para o leitor o trabalho de decodificação do termo a partir do contexto, o que, de fato, não oferece grandes dificuldades. Optei por adotar o mesmo procedimento, ou seja, manter os termos em ídiche sem oferecer sua tradução.

4. O texto contém inúmeras referências a filmes clássicos. Como curiosidade, tomei a decisão de registrar nas *Notas Explicativas*, ao final, os respectivos títulos dos originais em português.

5. Há também, espalhadas em todo o texto, muitas referências a obras literárias ou ensaísticas, nem todas já traduzidas para o português. À página 88, por exemplo, a autora, ilustradora que também é, faz o desenho de uma pilha de livros, muitos dos quais não têm tradução em português. Por uma questão de coerência, optei por deixar todos os títulos em inglês e nas *Notas Explicativas* esclareço quem são os autores e quais (salvo melhor juízo) podem ser encontrados em tradução.

6. À página 64, quando "brinca" com a questão da sonoridade da língua ídiche, comparando-a com o inglês, a autora insere uma lista de termos em inglês, que são, evidentemente, mantidos; traduzi-los não faria qualquer sentido, pois a relação com o português não vem ao caso no contexto em que são usados, e nem se trata de uma questão de apreensão de significados; trata-se de questões fonológicas.

7. Algumas referências culturais mais específicas são também esclarecidas nas *Notas Explicativas*.

8. Nomes de locais ou instituições foram, de maneira geral, e dentro do exercício do bom senso, mantidos no original.

9. O fragmento à página 29 do poema "A Pantera" foi reproduzido com permissão do tradutor Augusto de Campos.

Quando, neste trabalho, o leitor encontrar outra voz além daquelas do original, ela certamente será a da tradutora (e a dele!) — prova cabal de que o traduzir também aciona a nossa memória lingüística e nossa história individual, e nos leva à construção de um texto novamente original — o mesmo e o outro. Traduzir (e ler), inevitavelmente, nos trai e nos leva a trair — com a melhor das intenções!

Notas Explicativas

1. Obras mencionadas por ordem de citação no texto (título da publicação em português e título correspondente em inglês, com autoria; o registro apenas em inglês significa que não foi encontrada a respectiva tradução):

O Último dos Justos [The Last of the Just], André Schwarz-Bart, 1988.

A Escolha de Sofia [Sophie's Choice], William Styron, 1979.

Morte dum Caixeiro Viajante [Death of a Salesman], Arthur Miller, 1949.

A Lista de Schindler [Schindler's Ark], Thomas Keneally.

O Guia dos Perplexos [The Guide for the Perplexed], Moses Maimonides, 1190.

Testimony: Contemporay Writers Make the Holocaust Personal, ed. David Rosemberg, 1989.

Os Afogados e os Sobreviventes [The Drowned and the Saved], Primo Levi, 1986.

After Such Knowledge: Memory, History, and the Legacy oh the Holocaust, Eva Hoffman, 2004.

A Noite [Night], Elie Wiesel, 1958.

Paul Celan: Poet Survivor Jew, John Felstiner, 1997.

To Paint her Life: Charlotte Salomon in the Nazi Era, Mary Lowenthal Felstiner, 1994.

The Reawakening, Primo Levi, 1965.

The Voice of Memory: Interviews 1961-1987 (Primo Levi), ed. Marco Belpoliti e Robert Gordon, 2001.

Second Hand Smoke, Thane Rosenbaum, 1999.

Se não Agora, Quando? [If not Now, When?], Primo Levi, 1982.

Kaddish por uma Criança não Nascida [Kaddish for an Unborn Child], Imre Kertész, 1990.

Nothing Makes You Free: Writings by Descendants of Jewish Holocaust Survivors, ed. Melvin Jules Bukiet, 2002.

O Diário de Anne Frank [The Diary of Anne Frank], 1947.

Os Protocolos dos Sábios de Sião [The Protocols of the Elders of Zion], Sergei Nilus, 1903.

A Voz da Memória [The Voice of Memory], Primo Levi.

É Isso um Homem? [If This Is a Man?], Primo Levi, 1953.

Complô Contra a América [The Plot Against America], Philip Roth, 2004.

Survival in Auschwitz (publicado inicialmente como *If this Is a Man*), Primo Levi, 1953.

The Book of Alfred Kantor, Alfred Kantor, 1971.

A Cabana do Pai Tomás [Uncle Tom's Cabin], Harriet Beecher Stowe, 1852.

Um Conto de Duas Cidades [A Tale of Two Cities], Charles Dickens, 1859.

2. Filmes mencionados por ordem de citação no texto (título em português com respectivo título em inglês, direção e ano de lançamento):

A Escolha de Sofia [Sophie's Choice], Alan J. Pakula, 1982.

Cassino [Casino], Martin Scorsese, 1995.

A Lista de Schindler [Schindler's List], Steven Spielberg, 1993.

Rio Vermelho [Red River], Howard Hawks, 1948. (*Referência indireta ao filme, quando são mencionados os atores John Wayne e Montgomery Clift.*)

Sede de Viver [Lust for Life], Vincente Minnelli, 1956.

O Diário de Ane Frank [The Diary of Anne Frank], George Stevens, 1959.

Oklahoma! [Oklahoma!], Fred Zinnemann, 1955.

A Ponte do Rio Kwai [Bridge over the River Kwai], David Lean, 1957.

Sangue Sobre a Terra [Something of Value], Richard Brooks, 1957.

O Homem do Prego [The Pawnbroker], Sidney Lumet, 1965.

As Três Faces de Eva [The Three Faces of Eve], Nunnally Johnson, 1957.

Um Violinista no Telhado [Fiddler on the Roof], Norman Jewison, 1971.

3. Página 127: a expressão "True North" refere-se à região da Groenlândia, Canadá e Alasca, habitada desde tempos imemoriais pelos Inuits (popularmente conhecidos como esquimós). Aqui, o termo é utilizado para fazer referência indireta ao Inuit que Larry está hospedando.

4. Terra do Leite e do Mel: referência a Israel.